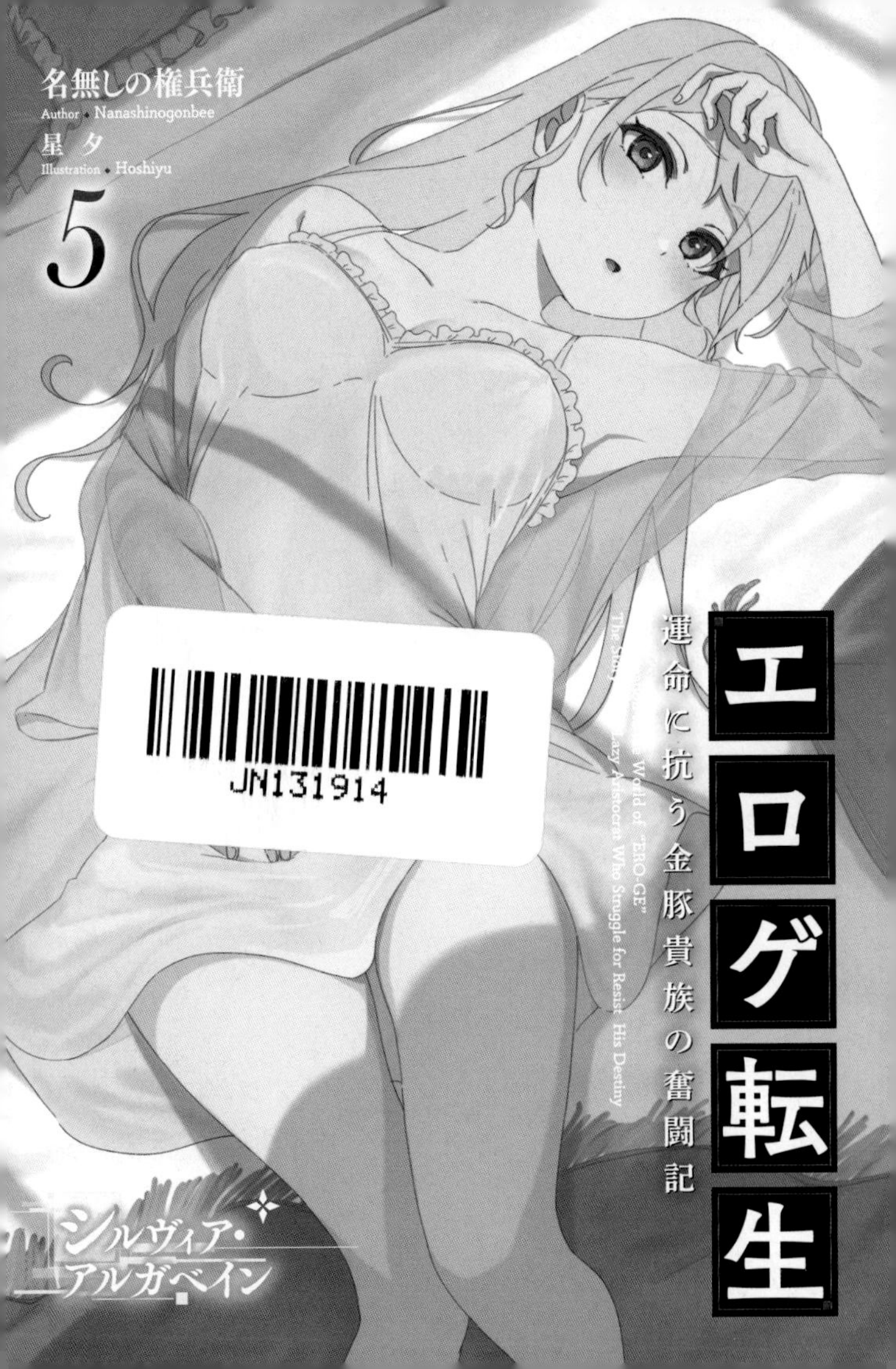
名無しの権兵衛
Author Nanashinogonbee
星夕
Illustration Hoshiyu
5
エロゲ転生
運命に抗う金豚貴族の奮闘記
World of "ERO-GE"
Aristocrat Who Struggle for Resist His Destiny
シルヴィア・
アルガベイン

レオルド・ハーヴェスト
セツナ・アイスフィールド
雷の剣を器用に操作し、
レオルドは果敢に攻める。
グレンは雷の剣にも意識を割きながら、
徒手空拳でも
攻めるレオルドの攻撃を防ぎ、捌《さば》いていく。
そして当然、忘れてはならないのが
セツナの存在だ。
彼女はレオルドの
援護をするように立ち回り、
時には援護射撃を放つ。

グレン・マグニード
「言ったはずだ！
お前の相手はこの俺だと！」
しかし、流石《さすが》は
帝国最強と言われるだけあって
グレンは
二人の猛攻をものともしない。

「アレは、煉《れん》獄《ごく》炎《えん》装《そう》!?」
それは炎を身に纏い、
最強の矛にも最強の盾にもなる魔法だ。
ただし、欠点もある。
煉獄炎装はその圧倒的な火力により、
熱耐性の防具すら焼け焦がし、
自傷してしまう。
ごく僅かな時間しか使えないという
重大な欠陥が存在するのだ。

エロゲ転生
運命に抗う金豚貴族の奮闘記 5

名無しの権兵衛

OVERLAP

Reincarnation to the World of
"ERO-GE"

5

The Story about Lazy Aristocrat
Who Struggle for Resist His Destiny

CONTENTS

プロローグ

家族に諭されたがレオルドは揺らいでいた意志が固まり、逃げない覚悟を決める。

「母上、レグルス、レイラ。俺は逃げない。家族を、友を、愛する人達《たち》を守る為《ため》に俺は戦う。帝国の好きにはさせない。だから、お願いだ。俺の背中を押して欲しい」

三人はレオルドの顔を見て、もうなにを言っても揺らぐ事はないのだろうと確信する。

本当なら行って欲しくはない。帝国最強の炎帝が待ち構えている。

はっきり言えば、死にに行くようなもの。

死んで欲しくないから今回の作戦に反対した。

でも、レオルドの覚悟は本物だった。決して逃げる事はない。

行って欲しくないという気持ちはあるがレオルドがそこまでの覚悟を決めたのだ。

男の覚悟を踏みにじるわけにはいかない。

それゆえに三人はレオルドの背中を押すことを決めた。

「レオルド。行ってきなさい。そして、必ず帰ってくるのよ」

「レオ兄様。頑張ってね。私、待ってるから」

「兄さん。ご武運を」

激励を受け取ったレオルドは三人が安心出来るように力強く返事をした。

「ああ！　必ず帰ってくる！」

そして、レオルドは最後にベルーガの前へ立つ。

ベルーガは既に会議の時から決めていた。死地へ向かう息子に贈る言葉を。

「立派になったなレオルド。お前は私の……いいや、私達の誇りだ。行って来い。そして、見せてやれ。お前という男を！」

「はい！」

家族に見送られてレオルドは自身の領地ゼアトへ戻り、準備を整える。

そしてレオルドは会議で話し合った内容を部下達に伝える。

「ベイナード団長のもと、ゼアトを防衛ですか……」

「大将が指揮を執るんじゃねえのか……」

「お前達の言いたいことは分かる。だが、これは王命だ。バルバロト、ジェックス。お前達を頼りにしている。俺のいないゼアトを任せたぞ」

レオルドからの想《おも》いを受け取った二人は大きく首を縦に振った。

「はい!!」

二人の返事を聞いたレオルドは満足そうに頷《うなず》き、ギルバートへ視線を向ける。

「ギル。屋敷の事は任せる」

「お任せを」

そして、レオルドは今回の作戦に必要な人材であるカレンに目を向けた。

「それから、カレン。お前には俺と一緒にきてもらいたい」

「え？　私？」

「そうだ。お前の偵察能力は今回の作戦にはピッタリだ。もちろん、戦闘には参加しなくてもいい。流石《さすが》にそこまでお前に負担はかけられないからな」

「え、あ、その……」

重要な作戦に自分のような者がいてもいいのかと不安なカレンは頼りのジェックスとレオルドを交互に見つめる。

ジェックスはカレンの不安を拭うように優しく語り掛けた。

「カレン。大将があぁ言ってるんだ。胸張って行ってこい。それにお前も知ってるだろ？　大将が一番強いってことくらい」

「う、うん……」

「大将。カレンのことよろしく頼むぜ」

「任せておけ。無傷で帰してみせる」

その後、それぞれの役割を伝えてレオルドは自室へと戻る。

運命48《ゲーム》の攻略知識を書いたマル秘ノートのグレンの攻略法を確かめた。

ただ、運命48はシミュレーションRPGなのでグレンがどのような動きで攻撃してくるのかは分からない。

分かるのはどのような魔法を使い、どのような戦法をとるかということだけだ。

アクションゲームだったなら少しは攻撃のパターンが分かったかもしれないが、今はそんな事を言っても意味がない。

レオルドが一人自室でグレンの情報を思い出しているとシャルロットが訪ねてきた。

「今、いいかしら?」

「部屋に入る前にノックくらいはしろ。まあいい。何か用か?」

「勝てるの?」

「グレンにか? まあ、勝てる可能性はゼロじゃない。とはいっても負ける可能性のほうが高いがな」

「なに笑ってるのよ。死ぬかもしれないのよ? しかも、今までよりもずっと」

「そうかもな。だが、逃げるわけにはいかないんだ」

「背負いすぎなのよ、バカ」

「ははっ。そうだな。俺はバカだ」

「……帰ってきなさいよ。そうしないと私、なにするか分からないから」

シャルロットの言葉に鳩《はと》が豆鉄砲を喰《く》らったかのような顔をしたレオルドは少しだけ沈

黙した後、笑って返答する。

「それは怖いな。分かったよ。必ず帰る」

「約束したからね。破ったらただじゃおかないわ」

そう言ってシャルロットはレオルドの部屋から出て行く。

去り際に見えたシャルロットの横顔は少し火照っていたのかほんのり赤く染まっていた。

それからレオルドは必要な情報を集め終わり、カレンと共に王都へと転移魔法陣を使って戻るのだった。

第一話 ✦ 戦争の準備

王都に戻ったレオルドはすぐに王城へ向かい、今回の作戦に同行するメンバーを集める。

まずはジークフリート。実力はレオルドも知っている通り、王国では上位に入る。

さらに今は覚醒しており、前以上に成長して戦力としては申し分ない。

早速、ジークフリートへ声を掛けたら問題が発生した。

なんとジークフリートの十人以上いるであろうハーレム要員が自分達も同行すると言ってきたのだ。

（おう……っ！　ゲームなら違和感なんてなかったけど、普通に考えたらダメじゃねえか！　ていうか、足手まといだろ！　いや、待てよ？　もしかしたら強いのかも……）

しかし、冷静に考えてもここはゲームのようにパラメータがないので強さが測れない。

そもそも、彼女達は実家の許可を貰《もら》っているのかさえ怪しいところだ。

腐っても彼女達は貴族のご令嬢である。勝手に戦場へ連れて行くのは問題であった。

「あー、一つ聞きたいんだが許可は貰っているのか？」

「勿論《もちろん》よ。陛下からも許可は頂いているわ。貴方《あなた》は知らないのでしょうけど、こう見えて私達は強いのよ」

誇らしげに胸を張ってドヤ顔しているエリナの態度にレオルドは内心腹を立てる。

(腹立つな〜! そりゃゲームの中では強かったけど、現実でも同じくらい強いのか知らねえんだよ! ジークは戦った事があるから分かるけど、お前らの事なんて知らねえわ! だいたい、なんで陛下は許可を出したんだ? 国の一大事だから戦えるのなら、誰でもいいのか? もうよく分からん! 難しく考えるのはやめよう! まずは一緒に連れていく奴《やつ》を選ぼう!)

一応、ゲームでの知識があるからどのような魔法を使い、どのようなスキルを持っているか、そして近接攻撃が得意なのか、遠距離攻撃に秀でているのか、援護に長《た》けているのかと、それくらいのことは分かる。

ちなみにエリナは後方からの高火力魔法が得意なヒロインである。

「とりあえず、同行メンバーとしてジークフリートは確定だ。そして、俺の部下であるカレンも決定している。今回は潜入作戦だ。だから、あまり人数を増やすことは出来ない。無駄に人数を増やしては発見される確率がぐんと上がる。というわけで少数精鋭となる」

「それはつまり、私達は邪魔だって事かしら?」

「そういうわけじゃない。連れて行く必要性があれば一緒に来て欲しいが無駄に人数を増やすのは得策じゃないというだけだ。それよりも俺は、お前達がどれくらいの覚悟があるのかを試したい」

「何をするつもり？」

怪訝《けげん》そうに眉を顰《ひそ》めるエリナにレオルドは淡々と告げる。

「本当はお前達の実力を測るために手合わせをしようかと考えたがやめた。それでは意味がないからな」

「馬鹿にしてるの？　私達が女だからと言って舐《な》めてるのかしら？」

「馬鹿を言え。女だからと言って弱いなどと決め付けるわけがないだろう。なにせ、俺の側《そば》にはシャルロットがいるのだからな」

「それもそうね。だったら、本当に何をするつもりなの？」

「簡単だ。お前達の覚悟が本物かどうかを試す。これから俺は、本気でお前達を殺すつもりで威圧する。言っておくが俺程度の威圧に耐えられないようであれば、戦場に立つ資格はない。これから俺達が潜入する先には炎帝のグレンが待ち構えているのだからな」

レオルドの説明を受けたヒロイン達はゴクリと生唾を飲み込んだ。

相手は敵であり、確実にこちらを殺そうとしてくる。

しかも、その相手は帝国最強と名高い炎帝のグレン。

今、目の前にいるレオルド以上の強さを持ち、幾多の戦場を経験し、圧倒的な強者。

それほどまでの相手と戦うことになるかもしれないのだから、レオルドの威圧くらいは耐えなければならない。

「覚悟はいいか？」

一歩、レオルドが足を出す。

ただそれだけであるがヒロイン達《たち》の多くは怖気《おじけ》づいていた。

これから放たれるであろうレオルドの本気の威圧。

ジークフリートの横に並びたいのなら絶対に耐えなければならない。

彼女達にも国を思う気持ちはある。

そしてそれと同等にジークフリートと共に在りたいとも思っている。

だからこそ彼女達は恐怖を嚙《か》み殺し、レオルドを睨《にら》みつけた。

「そうか。誰も逃げ出すつもりはないか。好いた男のためにそこまでの覚悟を決めたんだな。ならば、越えてみせろ。その覚悟を持って俺を！！」

敵を射殺さんばかりにレオルドはヒロイン達を睨みつける。

レオルドから放たれる威圧は尋常ではない。

側にいるカレンでさえ冷や汗を流している。

当然、面と向かって威圧をぶつけられるヒロイン達が無事で済むはずはなかった。

呼吸を荒くして腰を抜かす者が続出していき、最後に残ったのは——

「………ゼロか」

——結果はゼロ。

誰一人レオルドの本気の威圧には耐えられなかった。

まさかのゼロにレオルドも流石に愕然《がくぜん》とした。

顔にこそ出していないが内心は相当焦っている。

（マジか、マジか、マジか！！　片手で数えるくらいは残るだろうと思っていたのに、まさかのゼロなんて！　ど、どどどどうしよう！）

レオルドは一つ勘違いをしている。ヒロイン達は決して弱くはない。

むしろ、単純な戦力として数えれば優秀な方だ。

問題があったとすれば、それはレオルドの方である。

レオルドは少々感覚が麻痺《まひ》している。

彼の周りには強者しかいない。それも、殺し合いの経験をしている者ばかり。

ゆえに、レオルドは自身がどれだけの実力を持ち、どれほどの威圧感を有しているかを分かってはいなかった。

普段から誰かを威圧していたりすれば分かったのかもしれないが、レオルドはそのような異常性を持ち合わせてはいない。

おかげで加減など分かるはずもなく、レオルドは彼女達に言ったように本気で殺すつもりで威圧してしまった。

当然、本気のレオルドが放つ威圧にヒロイン達が耐えられるはずもなく、結果は見てのとおり。

つまり、何が言いたいかと言うと――実力差がありすぎるのだ。

(他に候補はいるか……?)

ゲームで出てきたキャラを思い出すレオルドだが、残念なことにいない。

いや、正確に言えばいることはいる。

ただし、連れて行くことが出来るかと言えば不可能に近い。そもそも接点がないから、呼ぶことが出来ない。

(くっ……騎士から適当に見繕うか?)

適当な人材でも増やそうかと考えるレオルドだが、それは悪手だ。

レオルドは基本ゲームの知識を元にして動いている。

だからこそ、不死鳥の羽を手に入れる為《ため》にジェックスを仲間に加えたりした。

だが、ゲームでは名前がなかったバルバロトのことなどは出会うまで分からなかった。

ということは、だ。レオルドはゲームにはいない人物の強さが分からない。

だから、適当に選ぶなど以《もっ》ての外《ほか》である。

しかし、参加人数がレオルド、カレン、ジーク、そして第七皇女ローゼリンデを含めて四人というのは些《いささ》か厳しい。

ゲームでは真《ま》っ直《す》ぐ進んで皇帝を倒すという単純明快な作戦であるが、現実ではそうはいかない。

まず、ローゼリンデから聞いた情報を元に練られた作戦は、囚《とら》われているセツナの解放である。

セツナを助け出す理由はグレンに対する切り札とするため。

皇帝はグレンを側に置き、自身の護衛にしているらしく手を出し辛《づら》い状況になっている。

それに加えて皇帝は帝国の宝物庫から古代遺跡より発掘された防御系の遺物をいくつか持ち出しており、守りはとてつもなく固いという話だ。

だから、セツナを仲間に加えて五人で皇帝と戦う事になっても、はっきり言って勝ち目はない。

セツナは帝国守護神ではあるがグレンとは相性が悪く勝ち目は薄い。

レオルドとジークフリートが援護して、ようやく対等に戦える程度だ。

しかし、ここでレオルドとジークフリートがセツナと一緒にグレンの相手をするとなると、残るのはカレンとローゼリンデだけである。

流石《さすが》にこの二人で皇帝を取り押さえるのは難しい。

なにせグレンだけが護衛を務めているわけではないからだ。

そういう理由《ワケ》であと数人は仲間にしておきたい。

（ロイスとフレッドを呼ぶか？　ジークと仲がいいはずだし、強さは……分からないけど

性格はヒロインよりマシなはず）

面識こそないがジークフリートの数少ない友人であるロイスとフレッドを仲間にしようかと考えているレオルドに、ジークフリートが申し訳なさそうな顔をして声を掛ける。

「なあ、レオルド。その……もう一回だけ彼女達にチャンスをくれないか？」

「……！」

救いの手を差し伸べるジークフリートに、萎縮していた彼女達に再び立ち上がるだけの気力が蘇《よみがえ》る。

「ジークフリート。お前が彼女達を信頼している事は分かったが、俺程度の威圧にも耐えることの出来ない人間を連れて行くことは出来ない。いざというとき戦意喪失でもされたら、足手まといにしかならない。それでもと言うのなら、俺を納得させるだけの理由を教えてくれ」

しかし、レオルドの言葉が再び彼女達の心をへし折る。

反論することの出来ない事実を突きつけられた彼女達は何も言えない。

「それは……俺が支える！　もし、彼女達が立ち止まることがあったら俺が助ける！　だから頼む。レオルド！　もう一度だけ彼女達にチャンスをあげてほしい！」

必死に頭を下げるジークフリートをレオルドは冷たい目で見下ろす。

「……国の未来がかかってる大事な作戦だ。不安な要素はなるべく少なくしたい。俺の言いたいことが分かるか？」

「分かる。分かってる。でも――」

「もういい。それ以上は言うな」

「じゃ、じゃあ、いいのか？」

「……カレン！」

レオルドはカレンを呼び寄せる。

名前を呼ばれたカレンは返事をしてレオルドの側《そば》へ駆け寄った。

「はい。なんでしょうか、レオルド様！」

「これから、お前に彼女達と戦ってもらう」

「………へ？」

何を言っているのかすぐに理解できなかったカレンは、数秒経《た》ってから間の抜けた声を出した。

「聞こえなかったか？　お前にはこれから彼女達と戦ってもらうと言ったんだ」

「いえ、それは分かりましたが理由をお聞きしてもいいですか？」

「俺ではなくお前が適任だと思ったんだ。カレンに完膚なきまでにやられれば、誰一人として反論する者はいないだろう？」

「そ、それはそうだと思いますが、流石に全員と戦うというのは少々厳しいかと……」

不安そうにカレンはレオルドと彼女達を交互に見やる。

ギルバートとの鍛錬で強くなっている自負はあるのだが、比較する対象がレオルドやジェックスにバルバロトといった怪物ばかりなのでカレンはいまいち自分に自信がない。

「ふっ。安心しろ。俺の見立てならお前一人にも勝てんさ。彼女達は」

「で、でも……私はゼアトじゃ一番弱いし……」

（比較する相手が俺達しかいないから、やはり自信がないか。まあ、今回のことで多少自信が付きそうだから、カレンにとっても良い話なんだよな。ジーク達も黙らせることが出来るし、カレンも自信がつく。まさに一石二鳥じゃないか！）

カレンが自分に自信がないことを見抜き、レオルドは今回の件で彼女に自信をつけさせようと考えた。

「大丈夫だ、カレン。日頃から相手をしているギルに比べれば、彼女達などどうということはない。頼まれてはくれないか？」

「うぅ……レオルド様のご命令なら、やってみます」

「そうか。決心してくれて嬉《うれ》しいぞ」

カレンの承諾を得たのでレオルドはジークフリート達にもう一度だけチャンスを与えることを告げた。

話は纏《まと》まり、カレン対ヒロインズとなった。

騎士達がいつも訓練をしている訓練場を借りて行われることになる。

中央に審判としてレオルドが立ち、その左右にカレンとヒロイン達が睨み合う。

レオルドが出した条件は制限時間内にカレンを戦闘不能にすること。

しかも、全員で挑むというヒロイン達を馬鹿にしているとしか思えない内容だ。

方法は問わず、どんな手を使ってもいいからカレンを倒せば、彼女達の中から数人だけを連れて行くとレオルドは約束している。

「レオルド。本当に手加減もせず、全員でその子と戦ってもいいのね？」

最終確認をするエリナに対してレオルドは頷《うなず》く。

「ああ。構わない。制限時間五分でカレンを倒す事が出来たなら、俺も考えを改めよう」

「そう」

確認の取れたエリナはレオルドから視線を移してカレンに目を向ける。

「聞いていたかしら？　怪我《けが》をしない内に棄権してもいいのよ？　レオルドに選ばれるくらいだから、貴方《あなた》も強いのでしょうけど、ここにいる全員と戦えば無傷じゃ済まないわ」

「お気遣いありがとうございます。ですが、問題ありませんので、始めましょう」

「ッ……大怪我をしても知らないからね」

忠告はした。しかし、カレンは聞き入れなかった。

苛立《いらだ》ちを覚えたエリナは本気でカレンを倒す事を心に決める。

一方、中央に立って二人の会話を聞いていたレオルドは心の中でエリナに合掌する。

(痛い目を見るのはお前らの方なんだよな～。カレンはまだ不安そうにしているけど、戦いが始まったら理解するだろう。いつも戦ってる相手《ギルバート》に比べたら楽勝だってな)

準備は整い、互いにいつでも始めても構わないという顔をしている。

レオルドは両者の顔を見て開始の合図を出した。

合図が出たと同時にカレンが動く。

地を這《は》うような低い姿勢で走り出し、相手を攪乱《かくらん》させるよう左右にステップ。

エリナ達《たち》はカレンの独特な動きに翻弄されて魔法を放つことが出来ない。

カレンの動きがあまりにも速く、また特殊なせいで捉えることができないのだ。

対するカレンは少々困惑していた。

少なからず魔法がいくつか飛んでくると想定していたのに、一発も飛んでこなかったから。

走りながらカレンが思い出すのはギルバートと鍛錬をしていた時のことだ。

その鍛錬の中には複数の敵に囲まれてしまった時のことを想定したものがあった。

「これならば、次の段階へ進んでも良さそうですね」

「次の段階とは。どういうことですか、師匠？」

「今は一対一の鍛錬のみですが、時には暗殺に失敗して複数の敵に囲まれることもあります。ですので、これから複数の敵に囲まれてしまった場合の対処をお教えします」

「なるほど！　分かりました。師匠！　よろしくお願いします！」

礼儀正しくお辞儀をするカレンにギルバートは微笑《ほほえ》みを浮かべる。

「では、協力してくれる方達を探しましょうか」

「はい！」

この時にカレンは多くのことを学んだ。

ギルバートから教わったことの一つは、付与術士《エンチャンター》が集団戦において最も厄介だということを。

実際にカレンはその身で付与術士の恐ろしさを味わっている。

ギルバートがシャルロットに頼んでカレンに付与魔法をかけたのだ。

睡眠、麻痺《まひ》、毒、暗闇、鈍足、恐怖、混乱、様々な付与魔法にカレンは苦しめられた。

そのおかげで付与魔法がどれだけ恐ろしく厄介なのか身を以て学んだ。

学んだことを忠実に実行するカレンはまず、目の前にいる彼女達の中に付与術士がいるかどうかを確認する。

そうすれば最初に誰を狙うかを決めることが出来るからだ。

だが、彼女達は開始の合図があったというのに動く素振りすら見せない。

一体、誰から狙えばいいのかとカレンは戸惑ってしまう。

（もしかして、そういう作戦？　私が何をしようとしているのかを見抜いてるから敢《あ》えて動かなかった？　だったら、まずは一番油断している人を狙うだけ！）

カレンはスキルを発動させて、誰もいない所に風魔法を放ち、地面を吹き飛ばす。

すると彼女達はカレンから目を逸《そ》らして、吹き飛んだ地面に目を向けてしまう。

スキル無音《サイレント》を使っているカレンは、視線が逸れた隙を狙って彼女達の背後に回り込む。

（まずは一人！！！）

カレンは標的を定めて腰を深く落とし、ギルバート直伝の正拳突きを放つ。

「かっ……はっ……!?」

一人目を倒したカレンは素早く動き、次の標的を定めて回し蹴りを叩《たた》き込む。

（これで二人！）

「あっ……ぐぅ……！」

すぐさまカレンは身を屈《かが》めて、自身の姿を眩《くら》ませるように動き回り、混乱している彼女達を一人ずつ戦闘不能へと追い込んでいく。

無音で敵を仕留め、すぐさま混乱している他の敵の懐に音もなく忍び込み、その敵すらも仕留める。

一撃で戦闘不能に追い込んでいく姿は死神と言っていいかもしれない。

そんな光景を見ているレオルドは驚愕《きょうがく》、驚嘆といった感情が入り乱れて鼻水が垂れそうになった。

「ギルめ。カレンにどれだけ仕込んだんだ……」

伝説の暗殺者《アサシン》が育て上げたカレンは見事に無傷でヒロイン達全員を沈めたのであった。

自身よりも幼い少女に敗北したショックに頭を垂れている女性陣へレオルドは告げる。

「まだ文句のある奴《やつ》はいるか？」

「………」

返ってくるのは沈黙だけ。

流石《さすが》にジークフリートも先程の戦いを見ていたから余計な口出しをする事はなかった。

彼女達はカレンに完膚無きまでに叩きのめされて、自身の浅はかさを知った。

レオルドの要求ラインがどれだけ高いものなのかを、痛いほど理解した彼女達は落ち込んでいるのだ。

レオルドは彼女達の表情を見て、ようやく分かってくれたかと深く息を吐いた。

しかし、問題は解決していない。残りの参加者を決めないといけない。

能力だけで見るならエリナ達ヒロインは優秀であった。人格面に問題はあるが能力自体は高い。

だが一度約束した手前、カレンに負けた彼女達をレオルドは連れて行くことは出来ない。

改めて今回の潜入作戦についてこれるだけの人材を探さなければならない。

（さて、どうするか。ジークにロイスやフレッドを呼びに行かせるか？　あの二人なら、まあ、彼女達みたいにはならんだろう。うん、そうしよう）

一度考えていたようにレオルドはジークフリートに二人を呼んで貰《もら》おうとした。

「レオルド様」

その時、不意に名前を呼ばれてレオルドは振り返る。

そこにはシルヴィアの姿があった。驚きに目を見開くレオルドは彼女に問いかける。

「シルヴィア殿下。どうしてこのような場所に？」

「私が来てはいけないのですか？」

「いえ、そういうわけではないのですが……」

バツが悪そうにレオルドは後頭部をポリポリと掻《か》いた。

久しぶりに見るレオルドの困った表情と反応にシルヴィアは楽しそうに笑う。

「私がここに来た理由はレオルド様が困ってらっしゃるだろうと思ったからですよ」

そう言って笑うシルヴィアは指を鳴らす。

すると、どこからともなく仮面をつけ、怪しげな格好をした者達が現れた。

一体どこから出てきたのかと、レオルドは驚きで目を見開いた。

「私の頼もしい部下達ですわ。今回の帝都潜入作戦に役立てればと思いまして。如何《いかが》でしょうか？　レオルド様」

妖艶に微笑むシルヴィアの背後に控える者達を見て、さらに驚くレオルドは口を大きく開きそうになるがそこは堪《こら》える。

(えっ、マジ!? 王家直属の諜報員《ちょうほういん》を貸してくれんの!? ピッタリの人材じゃん!)

内心大喜びではあるが、王家直属の諜報員を貸してもらうのは躊躇《ためら》われる。

彼ら彼女らは、王家を支える陰の人間。

そう簡単に表舞台に引っ張り出してもいいのかと。

それに加えて第四王女であるシルヴィアの部下と言うではないか。

勝手に貸し出しても問題ないのかとレオルドは考える。

「なにやら難しく考えているようですが、イザベルも元は私の部下だったのですよ?」

レオルドが難しい顔をしているのを見たシルヴィアは特に問題がないという事を告げた。

(あ、そっかー。今更だったかー)

今更かと理解したレオルドはシルヴィアの前に跪《ひざまず》き、頭を垂れる。

「殿下のご厚意に感謝いたします。必ずや、皇帝を討ち取ってみせましょう」

「レオルド様。面《おもて》を上げてください」

言われるがままにレオルドは顔を上げる。

「レオルド様。防音結界を張れますか?」

「張れますが今この場ででしょうか?」

「はい」

「承知しました」

レオルドは不思議に思いながらも、シルヴィアに言われた通り防音結界を張った。

これでレオルドとシルヴィア以外に二人の会話が聞かれる事はない。

「レオルド様。本当のことを申し上げるなら、私も一緒に行きたかったです」

「え……？」

「私のスキルは神聖結界。魔をすべて拒む聖なる守り。ですから、どのような魔法からもレオルド様をお守りする事が出来たでしょう。たとえ、かの炎帝が相手であろうとも」

祈るように手を組み、シルヴィアはゆっくり瞬《まばた》きをしてからレオルドを見詰めた。

「しかし、私にはこの国を守る義務があります。私が国を離れれば士気は間違いなく下がる事でしょう」

確かにシルヴィアの言うとおり、神聖結界は魔法、魔物を拒む聖なる守り。

どれだけの魔法使いがシルヴィアに魔法を放とうとも傷一つ負わせることは出来ない。

それは世界最強のシャルロットでさえ例外ではない。

ただ、神聖結界はあくまで魔に関わるものだけを拒む結界で、物理的な攻撃は防げない。

その為《ため》、シルヴィアには多くの護衛が付いている。

しかし、魔法を防ぐという点では頂点に立っていると言ってもいい。

それ程の結界に守られている王都は間違いなく安全だ。

だからこそ、王都に住んでいる人々は安心出来るのだ。

それがなくなった時、人はどのように思うか。それは容易に想像出来ることだろう。

（まあ、確かに今まであったものが突然なくなったら混乱するだろうな）

「ですから、私は一緒に行く事が出来ません。でも、手助けなら出来ます。だから、レオルド様。遠慮することなく私の部下をお使いください」

「殿下のお気遣い、心より感謝を申し上げます！」

レオルドは全く気が付いていないがシルヴィアには別の思惑があった。

（その……本当は一国の王女である私が個人に対してここまでするのは色々と勘繰られてしまうのでしょうが……私はレオルド様を失いたくないのです！　なんて言えるはずがありませんわ！　お母様。私は最後の最後で詰めが甘い女でした！）

母親から男心をくすぐる言葉を伝授してもらったが恥ずかしくて口に出来ず、両頬に手を当てモジモジと身体《からだ》を揺らしているシルヴィアは、顔を真っ赤に染めていた。

残念な事にレオルドは頭を下げてしまっているので、その姿を拝めなかった。

今回シルヴィアは、レオルドが死地に向かうと聞いて居ても立ってもいられなかった。

なにせ、下手をすればレオルドは死んでしまい、二度と会えなくなる。

それは嫌だ。レオルドには死んで欲しくないという一心でシルヴィアは行動を起こした。

国王にレオルドと一緒に潜入作戦へ参加させて欲しいと懇願したのだ。

しかし、一国の王女である上に守りの要となっているシルヴィアを行かせることは出来ないと反対されてしまう。

それならばと、彼女は自身の部下を貸し出すくらいは許可して欲しいと国王から承諾の返事をもぎ取ったのだ。

そして、その結果が今である。

ただ最後の最後にシルヴィアもへたれてしまい、思いを告げることは出来なかった。

とはいえ、結果は上々である。

レオルドが死ぬかもしれない可能性を大きく減らしたのだから。

シルヴィアの計らいによりレオルドは帝都潜入作戦のメンバーを集め終えた。

これで後はローゼリンデを案内役にして帝都へと向かうだけだ。

帝都潜入作戦のメンバーはレオルドを筆頭にジークフリート、カレン、そしてシルヴィアの部下である三人、モニカ、マリン、ミナミ。

この六人に加えて第七皇女ローゼリンデが今回の作戦メンバーである。

いよいよ王国の運命を左右する作戦が始まろうとした時、エリナはレオルドに近付く。

「一ついいかしら?」

「なんだ？」

「どうして、殿下の部下は無条件で——ムグッ!?」

どうしても納得できないエリナは何故《なぜ》、自分達《たち》と同じように実力を確かめないのかとレオルドに問い詰めようとしたが、複数の手が彼女の背後から伸びてきた。

エリナは口を塞がれると同時にレオルドから引き離される。

「ちょっとエリナ！　殿下の前でなんてこと言おうとしてるの！」

「そうだよ！　王家直属の部下にケチつけたら首を刎《は》ねられるだけじゃ済まないって！」

暴走したエリナを必死に他のヒロイン達が諫《いさ》めている。

レオルドは話している内容が聞こえていたが幸いシルヴィアには聞こえなかったようでホッとしている。

そのおかげでエリナが告げ口をすれば無事ではすまない。

しかし、レオルドはエリナは無事だ。

（……恋は盲目って言うけど、さっきのは肝が冷えたな。シルヴィアに伝わってたら今度こそエリナは処刑だったかもしれん。感謝しとけよ。友達に）

呆《あき》れ果てるレオルドはため息を一つ零《こぼ》した。

レオルドはエリナ達から視線を外し、シルヴィアの方へ顔を向ける。

視線の先にはシルヴィアが部下達と話している。だが、遠くて聞き取ることは出来ない。

「いいですか？　貴方《あなた》達の役目はレオルド様を生かすこと。たとえ、どのような状況に陥ろうとも必ずレオルド様を優先なさい。その命、此度《こたび》は私の為ではなくレオルド様の為に使いなさい。ですが、最善を尽くしなさい。そして、モニカ、マリン、ミナミ。生きて帰って来るのですよ」

「「「仰せのままに！！！」」」

難しい命令だろう。これからレオルドが向かう先は帝都。

そこには皇帝もいるが帝国最強と謳《うた》われる炎帝もいる。

いくら、抜け道を知っている第七皇女が道案内をしたとしても相手がよほどの間抜けではない限り、守りは固められているに違いない。

だが、これですべての準備は整った。帝都潜入作戦の始まりである。

間章

一方その頃、帝都の方でも一つ議題が上がっていた。

シルヴィアの持つスキル神聖結界についてだ。

彼女のスキル神聖結界はとても有名であり、その効果は誰もが知っていた。

かつて、聖女が持っていたとされる最高峰の結界を張る事の出来るスキル、神聖結界。

しかし、弱点も多く、対策は容易に練ることが出来る。

「やはり、暗殺しかあるまい。王国を落とすには第四王女《シルヴィア》がどうしても邪魔になる。神聖結界はすべての魔を跳《の》ね除ける最高の結界。故に魔物の侵入も魔法による破壊も叶《かな》わない。だが、人ならば問題はない。ただし、向こうもそれは承知のはず。守りは恐らく王国でも一番のもの。そう簡単には暗殺は出来ないだろうが……くっくっく。こちらには帝国が長年かき集めた古代の遺物がある。些《いささ》か勿体無《もったいな》い気はするが、我が覇道の障害になるなら消すまでよ」

皇帝アトムースが勿体無いと思ったのは古代の遺物ではなく、シルヴィアの事だ。

シルヴィアが持つ神聖結界は手に入れることが出来れば間違いなく役に立つはず。

それを残念に思いながらも、アトムースはシルヴィアへの刺客を呼び寄せて宝物庫から見繕った遺物を渡した。

「朗報を期待しているぞ」

「御意！」

任務を受けた暗殺者《アサシン》はすぐに行動を開始した。

目指す先は標的であるシルヴィアのいる王都。

間もなくしてアトムースのもとに全ての準備が整ったという報告がくる。

報告を聞いたアトムースは不敵に笑いながら、王国へ戦争を仕掛けるのであった。

第二話 ✧ 王国対帝国

帝国軍が進軍を開始した頃、王国側では作戦会議が行われていた。

帝国軍が動き出したという情報を得、対策を練り始める。

会議の場には、ベイナードを筆頭に多くの将官が一つのテーブルを囲んでいた。

敵は帝国。数の上では圧倒的に相手が上。だが皇帝アトムースさえ打倒できれば、帝国は一気に瓦解するだろう。

ゆえに王国が掲げる目標は、レオルド率いる帝都潜入部隊が皇帝を討ち取るまでの時間稼ぎ。

幸い、ゼアトには堅牢《けんろう》な砦《とりで》がある上にレオルドが戦争に備えていたおかげで守りは万全となっている。

しかし、絶対ではない。

レオルドが準備をしていたとは言っても、確実に守りきれるとは言い難い。

ただ一つだけ圧倒的に有利と言えるのは転移魔法があることだ。

補給物資も戦力も足りなくなれば転移魔法陣ですぐさま補う事が出来る。

それに加えて、たとえ敗走することになっても転移魔法陣を使えば逃げることは容易だ。

「やはり、籠城しかないのでは？」

「うむ。我々はゼアトを死守しておけば問題ないでしょう」

「ベイナード団長。悩む事などありませんぞ。我々はゼアトを守ってさえいればいいのです。後はレオルド伯爵が皇帝を討ち取ってくれるでしょう」

「……」

ベイナードは頭が痛くなる思いだった。

将官とは言っても大半が戦争もしたことがない貴族ばかりで無能であったからだ。

後方から指示を出すだけの無能の集まりが今回の戦争に参加した理由は箔《はく》が付くから。国の為《ため》、民の為に戦った勇敢な貴族であると世間から認知されるだろう、というくだらないものだ。

(卑しい豚共め。大方、ゼアトの防衛に貢献したという名目で陛下から褒美を貰《もら》おうとしているのだろう。くだらん。実にくだらん。ゼアトは確かに堅牢な砦だろうがそれは昔の話だ。成長を続けている帝国にどれだけ持つと思っている。……まあ、分かっていないだろうな。目先の欲に目が眩《くら》んでいるようでは)

味方がこの始末では勝てる戦も勝てない。

ベイナードはどうしたものかと頭を悩ませるのであった。

レオルドは案内人のローゼリンデに従って、夜に王都を出発した。

転移魔法陣のおかげで帝国と王国の国境付近に一瞬で移動し、そこからは徒歩で帝都を目指す事になる。

馬車や馬を使う事も検討されたが、潜入するにあたって目立つような真似《まね》は出来ないので、徒歩で向かう事に決まったのだ。

最初レオルドはローゼリンデが文句を言うのではないかと危惧していたが、意外にも文句の一つも言われなかった。

どうして文句を言わなかったのかとレオルドは一度尋ねてみたところ――

「帝都から逃げ出す時に走ってきたの。その時も、馬や馬車は使わなかったわ。だって、街道は兵士が見張っているから捕まる可能性があったもの。だから、人目のない場所をセツナと一緒に走ってきたのよ」

とのことだ。意外にも逞《たくま》しい皇女様だった。

そういうわけでレオルドは遠慮なく夜の森を走っている。

時折、後方の様子を確認することを怠ることなく、レオルドは先頭を走り続けた。

誰一人遅れることなくレオルドの後ろを走っている。もう少し速度を上げることも出来るが、レオルドは後ろの様子を確認して今の速度が限界と判断した。

（これ以上は厳しいか。時間との戦いだからもう少し速度を上げたいが無理は禁物だな）

一旦休憩を挟んでからレオルドは帝国を目指して再び走り出す。

休憩を挟んでも全快という訳ではない。ローゼリンデが遅れはじめたのだ。

彼女は帝国から王国まで走って来たというが、そこまで体力はないのだろう。

「大丈夫か？」

「ええ。これくらいなら平気よ」

心配するジークフリートが彼女を気遣うように速度を落としながら側《そば》に寄る。

ペースを落としているローゼリンデの側を走るジークフリートの目には、明らかに無理をしている彼女の姿が映っていた。

その様子をチラッと見たレオルドは少しだけペースを落とす。

案内役であるローゼリンデが動けなくなっては困るからとレオルドは極力彼女に合わせるようにした。

（最悪俺が担いで走るか？　そっちの方が速いが、流石《さすが》に断られるか）

しばらく走り続けたがやはり無理が祟《たた》ったようだ。

ローゼリンデの足がもつれて転びそうになった。

側にいたジークフリートが慌てて彼女の身体《からだ》を支えたので転ぶことなく無事だったが、このまま走り続けるのは無理だと判断した。

ジークフリートは声を掛けようとするが、その前にレオルドは足を止めた。

「──しばらく休息を取る。しっかり休んでおけ」

その言葉にホッとするジークフリートはローゼリンデを休ませる。

「ありがとう、ジーク」

「無理そうなら早めに言ってくれ。俺からレオルドに伝えるから」

「ええ。そうするわ」

木を背もたれにして休憩をしているローゼリンデと側に座っているジークフリートのもとへレオルドは近付いた。

「皇女殿下。今、よろしいでしょうか？」

「構わないわ。何かしら？」

「今の所、真《ま》っ直《す》ぐ進んでいますが道は合っていますでしょうか？」

「ええ。問題ないわ。他には何かあるかしら？」

「もう少し速度を上げたいのですが可能でしょうか？」

「ごめんなさい。それは難しいわ。多分、いいえ。私が遅れるから……」

「でしたら、私が殿下を背負いましょうか？　勿論《もちろん》、殿下が嫌だと仰《おっしゃ》るならば無理は致しません」

「それは流石にちょっとね……」

「でしたら、ジークフリートはいかがでしょうか？」

「え、あ、ああー。どうしようかしら？」

チラチラとローゼリンデはジークフリートに目を向ける。

恐らくはジークフリートならば何の抵抗もないのだろうとレオルドは見抜いている。

正直、首を縦に振ってもらいたい。そうすれば、ジークフリートがローゼリンデを担いで走るから、速度を上げることが出来る。

「ロゼがいいのなら俺が背負って走るけど？」

「そ、そうね。じゃあ、お言葉に甘えようかしら」

ジークフリートは気が付いていないが、ローゼリンデの機嫌が良くなった。

声が弾んでおり表情も緩んでいるのをレオルドは目にしたが黙っていることにした。

（恋心を利用するようで悪いけど、これで休憩を少なく出来るな）

これで余分な時間を使わなくて済むと安堵《あんど》するレオルドは、他の者に声を掛けて回った。

「それじゃあ、行くぞ。遅れるなよ」

休憩を終えてレオルドは再び帝国を目指して走り出す。先ほどよりも速度を上げて。

先頭をレオルドが走り、後続にカレンとローゼリンデを背負ったジークフリート。

そして、最後尾に諜報員《ちょうほういん》の三人。

（ふむ。ジークはローゼリンデを背負っても問題なしか。これなら、予定通りの時間に帝

国へ着けるかな。このまま何もなければの話だが……）

目指すは帝国。

出来れば帝国と王国が全面衝突する前までには帝都へ侵入したい。そう思いながらレオルドは懸命に走った。

（出来るだけの事はした。後は部下達《たち》を信じよう）

ゼアトが心配だが頼もしい部下達が守ってくれると、レオルドは信じている。

彼が足を止めることは決してない。

国境を越え、帝国領内を駆け抜け、やっと帝都の近くまで辿《たど》り着いたレオルド達は一旦木陰に身を隠して、ローゼリンデに帝都への侵入方法を聞いた。

「殿下、帝都に到着しましたが、ここからどうするのですか？」

「帝都の地下には水路が迷路のように張り巡らせてあって城にまで繋《つな》がってるの。その中に皇族だけが通れる秘密の通路があるわ」

「なるほど。つまり、我々はそこを利用するということでしょうか？」

「ええ。私が道案内するから道中の護衛はお願いできるかしら？」

「もちろんです」

レオルド達はローゼリンデの案内のもと、帝都の地下水路の中へ入っていく。

地下水路を松明《たいまつ》の明かりだけを頼りに進んでいく。

下水が流れているせいで匂いは最悪だが、ここ以外にレオルド達が城に侵入できる道がないので不満はあれど文句はなかった。

しばらく進み、レオルドの探査魔法に反応があった。

先頭を進んでいたレオルドが立ち止まり、後ろを歩いていた者達も立ち止まる。

「前方に三つ、魔力の反応がある……。殿下、この地下水路は巡回している兵士がいるのでしょうか？」

「ええ。いるわ。でも、そこまで強くはないし、別の道へ進めば戦闘を回避出来るはずよ」

レオルドはローゼリンデの言葉に従い、近付いてくる魔力反応と接触しないように道を変えて慎重に先へ進んだ。

それからしばらく進み、また魔力反応。

レオルドは避けようとしたが先程の反応よりも移動速度が異常に速く、戦闘は避けられそうにないと判断。すぐさま後方にいるローゼリンデに声を掛けた。

「殿下！　前方から急接近する魔力反応があります。何か分かりますか？」

「もしかして……！」

何かを思い出したローゼリンデだが少し遅かった。

接近してきたのは四足歩行の三匹の魔物。

「こいつらは!?」

レオルドは四足歩行の魔物を見て驚きの声を上げる。

「どうしてソルジャーシアンが!?」

同じようにローゼリンデが驚きの声を上げた。

(ソルジャーシアンってまだ開発段階で実戦投入はもっと先のはずだったが……。まさか、俺達の潜入作戦に気付いている？　いや、今はそんなことよりもソルジャーシアンへの対処が先だ！)

色々と思案するレオルドだったが、まずはソルジャーシアンをどうにかしなければならないと判断して部下達に指示を飛ばす。

「ジーク、お前は殿下の護衛を！　カレンはジークの補佐だ！　残りの三人は俺の援護に回れ！　迅速に終わらせるぞ！」

先頭に立っていたレオルドは三匹のソルジャーシアンに向かって魔法を放つ。

「アクアスピア！」

一か所に固まっていたソルジャーシアンはバラバラに分かれてレオルドの魔法を避ける。

「小癪《こしゃく》な！　アクアエッジ！」

もう一度魔法を放つがソルジャーシアンは壁を走って避ける。

壁を蹴り、鋭い牙でレオルドを噛《か》み殺さんと口を大きく開けて飛びかかる。

「獣風情が！」

上体を逸《そ》らして避けるレオルドは、ソルジャーシアンに向かって雷魔法を放つ。

バチッと音が鳴り、雷魔法が直撃したもののソルジャーシアンは健在であった。

「魔法耐性か……！」

忌々しそうに睨《にら》みつけながらレオルドはソルジャーシアンから距離をとる。

後方へ下がりつつ、レオルドは他のソルジャーシアンと味方の状況を確認した。

諜報員の三人組は上手《うま》く連携して残りの二匹を引き付けてくれている。

（あの三人は問題ないな。しかし、ゲームで魔法耐性が高いのは知っていたが、まさか俺の雷魔法も耐えるほどとは……！　だが、動きはすでに見切った。次で仕留める！）

腰を低くしてレオルドは拳を握り締め、ソルジャーシアンを見据える。

レオルドはジリジリと距離を詰め、ソルジャーシアンに向かって一気に踏み込んだ。

「かあっ！！！」

踏み込むと同時に拳を放ち、ソルジャーシアンを打ち抜こうとしたが避けられてしまう。

拳を避けたソルジャーシアンは、がら空きになっているレオルドの脇腹を切り裂こうと爪を振るう。だが、それよりも先にレオルドは身体を回転させて蹴りを放った。

ゴキンッとソルジャーシアンの首がレオルドの蹴りによって折れる。

完全に息絶えたのを確認したレオルドは残り二匹を片付けるために諜報員三人に合流す

ると、残っていた二匹のソルジャーシアンを見事な連携で難なく倒した。

「怪我《けが》はないか？」

「はい。問題ありません」

そう答えるのは諜報員の一人、モニカである。

シルヴィアが選抜しただけあって実力は確かなものだ。

「そうか。では、急いでここを離れるぞ。先程の戦闘音を聞きつけたのか、いくつかの魔力反応が近付いてきている。ここにいては危険だ。俺達の任務は皇帝を取り押さえること。足止めを食らうわけにはいかない。行くぞ！」

複数の魔力反応が近付いてくるのを確認したレオルドは、一刻も早くこの場を離れるように指示を出して駆け出した。

ローゼリンデの道案内に従い、レオルド達は帝都の中央にある城の地下水路にまで辿り着くが、そこは行き止まりとなっており先に進むことが出来ない。

すると、レオルドの横をすり抜けてローゼリンデが壁の前に立つ。

「殿下、本当にここで間違いないので？」

「ええ。ここで間違いないわ。本来なら入ることは出来ないのだけど、皇族の人間ならこの壁に手を当てると――」

得意げな顔をしながらローゼリンデが行き止まりであった壁に手を当てると、まるでブロックが崩れていくように壁がなくなったのである。

「ね？　凄《すご》いでしょ？」

まるで自分のお手柄というように得意げな顔を見せるローゼリンデ。

その顔を見たレオルドは僅かに眉をピクリと上げた。

（……ジークに褒めてもらいたいのか？　まるで自分の力みたいに見せてるけど、先祖代々からの力だろ。はあ～、まあいい。道は開けた。あとは城に潜入して皇帝を押さえるだけだ。今のところ順調だけど、ここからが正念場だ）

心の中で溜《た》め息《いき》を吐《つ》いているレオルドだが、本当に辛《つら》いのはここから先だ。

今の皇帝の側《そば》には帝国最強の炎帝がついている。

皇帝を取り押さえるためにはどうしても避けては通れぬ相手だ。

ローゼリンデによって開かれた道を進みながら、レオルドは気合を入れ直すのだった。


レオルド達が無事に帝都へ辿り着いていた頃、ゼアトで防衛戦が始まろうとしていた。

ゼアト砦《とりで》の物見台から確認できたのは大軍勢の帝国軍。

その数はざっと見ても王国軍の倍。

王国軍は総勢三万ほど。対する帝国軍は約七万である。

倍の差が開いているのは国力の差と言えよう。

この事実を知れば王国軍の士気は一気に下がることは間違いない。

物見台で帝国軍の姿を確認した騎士は、王国軍総大将を務めるベイナードのもとへ大急ぎで向かった。

そして、報告を受けたベイナードは天を仰ぎ見る。

(大軍勢の帝国軍か。しかも我が王国軍と倍近い差。向こうの人口もそうだが軍事力も桁外れだ。本気で攻め落とす気なら当然と言えるか。果たして、どれだけ持ち堪《こた》えることが出来ようか)

将官、指揮官を集めてゼアト砦の中にある会議室で軍議が行われる事となった。

参加している者の半数以上が実戦を経験したことのない無能な貴族達だが、救いもある。

レオルドが残してくれたバルバロトとジェックスの二名だ。

レオルドが太鼓判を押すこの二人に、ベイナードも大きな信頼を寄せていた。

「すでに知っているとは思うが、ついに帝国軍が国境を越えて我が国に攻め入ってきた」

ベイナードの発言に動揺を隠せない将官達はザワザワと騒ぎ出す。

「先程、帝国軍の姿をゼアト砦から目視したそうだ。詳細な数は不明であるが、その兵数は間違いなく我が王国軍よりも多いと思われる」

非常に不利な状況であると知らされた将官達は不安を隠しきれない。

「今回、我々は防衛に徹することになっているがゼアト砦がどれほど持つかは分からない。ゆえにこちらも打って出る。何か案のある者はいるか？」

軍議に参加している将官達はベイナードから目を逸らし、下を向いている。碌《ろく》な奴《やつ》がいないと嘆きそうになるベイナードだったが、バルバロトが手を挙げたのを見て曇った表情が明るくなる。

「ゼアト騎士部隊バルバロト隊長、発言を許可する。言ってみよ」

「は！　ベイナード団長。陽動作戦を提案致します！」

ベイナードは続けるように促し、黙って作戦内容を聞くように腕を組んでいた。

「まず我々、ゼアト騎士部隊が囮《おとり》となり敵陣に特攻を仕掛けます。僅か二百名ではありますが、逆にその少なさに帝国軍は驚き混乱することでしょう。そこへ、ジェックス隊長率いる餓狼《がろう》部隊が側面から攻撃を仕掛ける。いかがでしょうか？」

「ふむ。悪くはないが……流石《さすが》に厳しいだろう。まず帝国軍に辿り着く前に魔法で迎撃されてお終《しま》いだ。それに奇襲を仕掛けるのはいいが、どこから仕掛けるつもりだ？　その点はどう考えている？」

「その点についてはご心配なく。我々、ゼアト騎士部隊にはレオルド様から授かった秘密兵器がございます。餓狼部隊にも秘策がありますので」

その発言に黙っていた将官が喰《く》いついた。

「ほう？　レオルド伯爵から授かった秘密兵器とな？　それは今ここで披露することは可能か？」

「不可能です」

「何故《なぜ》だ!?　見せるくらい出来るだろう！」

「申し訳ありませんが見世物ではありませんので」

「貴様！　子爵家の長男である私の言うことが聞けんのか！」

怒りを露《あら》わにしている将官にバルバロトが不快感を示し眉を潜めていたら、ドンッと机を叩《たた》く音が響き渡る。

その音に子爵家の長男と自称する将官はビクリと震えた。

「今は味方同士で争う時ではない」

ベイナードの視線を恐れ、バルバロトに怒りを向けていた将官は黙って下を向いた。

そして、次にベイナードはバルバロトを見やる。

「バルバロト隊長。その秘密兵器とやらは信じてもいいのだな？」

「はい！」

「分かった。ならば、お前の作戦を許可しよう」

「必ずや、帝国軍に一泡吹かせて見せましょう！」

軍議が終わり、各自の持ち場に戻る中ベイナードはどうしても聞いておきたい事があるとバルバロトに声を掛け、会議室に残ってもらった。

「バルバロト。レオルドから授かったという秘密兵器はどうしても見せることは出来ないか？」

レオルドの作った秘密兵器のことが気になっていたベイナードはバルバロトへ尋ねた。

知りたくて仕方がないといった様子のベイナードにバルバロトは、ほんの少しだけ笑みを浮かべると秘密兵器を明かす事にした。

「構いませんよ。レオルド様からは信用の置ける相手になら見せても構わないと許可を頂いてますので」

「つまり、俺にはいいと言うことか」

「はい。それではお見せしましょう。これがレオルド様とシャルロット様が開発された魔道具、魔法盾《シールド》です」

そう言ってバルバロトが突き出した腕には以前レオルド達《たち》が闘技大会で装備していた腕輪が嵌《は》めてあった。

「それは闘技大会で使った腕輪に似ているが……別物か？」

「はい。これはレオルド様が闘技大会で使った腕輪を再現できないかと試行錯誤し、シャルロット様の協力を得て生まれた魔道具です」

バルバロトの話を聞いてベイナードはその様子を想像し、小さく笑う。

「闘技大会で使った腕輪とは異なり、こちらは任意で発動出来る上に耐久力もやや上です。しかも予《あらかじ》め魔力を補充しておけば何度でも使えます。魔力が切れるとただの腕輪になってしまうのが欠点でしょうか。それから闘技大会で使っていた全身を保護するタイプではなく、前方に魔法の盾を生み出すものになっております」

実際に見てもらった方が早いとバルバロトは一歩下がって魔法盾を発動させる。

「魔法盾起動《シールドオン》！」

盾を構えるように腕輪を付けた腕を突き出すと、水色の薄い盾が浮かび上がる。

バルバロトの全身を守れる程大きな盾だ。

ベイナードはその盾を見て驚くと同時に感心した。

「ほう。これはすごいな。闘技大会で使ったものよりも耐久力は上と言っていたが、どの程度だ？」

「シャルロット様の渾身《こんしん》の魔法にも一度耐えることが出来たそうです」

たったの一撃ではあるがシャルロットの魔法を耐えることが出来ると聞いてベイナードは大いに喜んだ。

「それはなんと……！　ははっ！　レオルドめ、面白いものを作ってくれたな！　では、もう一つ聞くがどれだけの数がある？」

「我々、ゼアトの騎士二百名分しかありません」

「そういうことか。どうして秘密なのか理解できた。レオルドは奪われる可能性を懸念していたのだな」

「申し訳ございません。本来ならばベイナード団長にも用意しておくべきでしたが……」

「構わん。俺が前線に向かう時は俺と同等の相手が出た時だけだ」

「それは帝国守護神が戦場に現れたときでしょうか？」

「ああ。前線に現れるのは一人だけだろうがな」

「それはどういう意味でしょうか？」

「炎帝グレンは皇帝の護衛、永遠のセツナは皇帝に反逆し地下牢《ちかろう》に囚《とら》われているそうだ」

「ということは禍津風《まがつかぜ》のゼファーが前線に……」

「帝国の最高戦力が不足しているのはありがたい話だが、レオルドの方は……」

言うとベイナードは口を閉じる。

はっきり言ってレオルドは死ぬと誰もが思っていた。

なにせレオルドが相手をしなければならないのは帝国最強の炎帝だからだ。

無論、レオルドが弱いというわけではない。ただ単純に相手が強すぎるだけ。

だが可能性がゼロというわけでもない。

第七皇女《ローゼリンデ》が言っていた囚われている帝国守護神の一人である永遠のセツナを仲間に加えることが出来たなら、少ないが可能性はある。

「大丈夫です。我々はレオルド様を信じておりますので」

「……ふっ、そうか」

「ですから、我々はレオルド様が帰ってくるこの場所をどのような手を使ってでも守り通しますよ」

不敵に笑うバルバロトを見てベイナードは帝国を憐《あわ》れに思った。

（帝国は最も敵に回してはいけない者達を怒らせてしまったのかもな）

現在ゼアトは発展途中ではあるが、レオルドの奇抜な発想によって最も進化している都市だ。そして、そこに集まっている大半の者はレオルドを慕っている。

レオルドを慕っている者達が、主の帰る場所を守らんと躍起になっているのだ。

レオルドがこの時のために集めた者達。その全てが帝国に対して怒りを抱いていた。

許してはならぬ。決してこの地を蹂躙《じゅうりん》させせまい。

帝国に思い知らせてやる。レオルド・ハーヴェストの威光を。

ゼアトに住まう者達が一丸となって帝国軍とぶつかることになる。

バルバロトはベイナードへ説明を終えて、自身の受け持つ部隊へと戻って行った。

隊員達は装備を整えており、いつでも出撃出来るといった状態だ。

「隊長！　いつでも出撃は可能であります！」

「よろしい！　だが、まだその時ではない。各自準備を怠らないようにしておけ！」

「はっ！！！」

気合十分といったゼアトの騎士部隊。すでに帝国軍が王国軍の倍はいると知っている。

だが、彼らに恐怖は一切ない。むしろ、胸が高鳴っている。

何せ、レオルドが帝都潜入作戦へ向かう前にゼアトの騎士達に発破をかけていたからだ。


——お前達には期待している。後は頼んだぞ——


短い言葉ではあったが、騎士達には十分すぎる言葉であった。

基本、なんでも一人で解決するレオルドは誰かに頼るという事が極端に少ない。

頼ったとしてもシャルロットやギルバートといった近しい人物のみだ。

そんなレオルドが自分達を頼ってくれる。それは騎士にとっては嬉《うれ》しい事であった。

ならば、期待に応えようとするのは当然の事。

モンスターパニックで救われたこの命。その恩を返すことがようやく出来るのだと騎士達は嬉しく思っていた。

命の恩人であり、ゼアトを懸命に豊かにしようとしているレオルドの大切なもの《帰る場所》を蹂躙しようとしている帝国に怒りの鉄槌《てっつい》を。

　レオルドが指示を出してバルバロトが鍛え上げたゼアトの騎士達が、ついにその力を発揮する時が訪れようとしていた。

　戦いの時は近い――

　一方で帝国軍はゼアト付近に陣を敷いて、王国軍と同じように軍議を行っていた。

「偵察部隊からの報告はどうなっている？」

「は！　ゼアト砦《とりで》はどうやら以前の資料と変わらぬ様子との事でした。ですので、攻め落とすのは容易に思われます！」

　部下からの報告を聞いてほくそ笑む指揮官。

「ふむ。ならば、当初の予定通り砲撃部隊で砦を破壊し、歩兵部隊を突入させて砦内部を制圧。実に簡単な仕事だ」

「しかし、不安が一つありますよ」

「ええ。王国には転移魔法があります。どこまで王国が転移魔法を扱えるか。それを確かめねばなりますまい」

「調査の方はどうなっている？」

「は！　転移魔法についてですが使い手は一人もいないそうです。魔法陣を介さなければ転移魔法は使えないとの事」

「ほう。それならば恐れる事はありませんな」

「ですな。ただ厄介な事には変わりあるまい。なにせ、転移魔法陣を使って物資や人材は運び放題だ。つまり、向こうは籠城を決め込んでくるでしょう。まあ、ゼアト砦がどれだけ頑丈でも既に過去の遺物。我々の敵ではありませんな～。はっはっはっは！」

随分と楽観的な考えであるが仕方のないことだ。

帝国は大陸一の大国であり、人口も技術も軍事力も大陸一。

かつてはゼアト砦を落とす事は出来なかったが今は違う。

昔の帝国ではない。今の帝国ならばゼアト砦など何の障害にもならない。

ただし、それは数年前までの話だ。レオルドがゼアトに来てからゼアトは成長している。

人も技術も軍事力も、それこそ帝国に負けないレベルで。

油断していると足を掬《すく》われるのは、帝国の方かもしれないのだ。

「それよりも、あの裏切り者ははどうしている？」

「ゼファー様でしたら、お声を掛けたのですが戦いが始まるまでは、一人にして欲しいと仰《おっしゃ》っていましたのでここには呼んでおりません」

「ふん。裏切り者のくせに随分と自分勝手な男だな。少し強いだけで何でも許されると思っているのか。まあいい。どうせ、奴《やつ》は今回の戦争で使い潰す予定だからな！」

帝国軍は最初の予定通り砲撃部隊を進軍させ、ゼアト砦を破壊しにかかる。

森は切り開かれており、見晴らしの良い平地となったゼアト砦前を帝国軍の砲撃部隊が進んでいく。

射程距離に入ったところで歩みを止めた時、ゼアト砦の固く閉ざされていた門が開いた。

「なんだ？　降伏でもするつもりか？」

帝国軍の指揮官は怪訝《けげん》な顔をしながらゼアト砦の開かれた門を見詰めている。

すると、ゼアト砦の向こう側から歩兵部隊であろう騎士達が現れた。

「歩兵か？　にしては数が少ないが……」

戸惑う指揮官だが砦から出てきた騎士達は武装をしており、降伏の白旗などは立てていないので敵とみなした。

「和睦の使者でもなく、降伏するわけでもない。ならば、あの騎士達は敵であろうな。砲撃部隊！　いつでも撃てるように準備をしておけ！」

「は！！」

帝国軍が開発した大砲の照準を砲撃部隊は騎士達《たち》に合わせる。

そして、その騎士達はというとバルバロトを先頭に帝国軍に向かって突き進む。

先頭に立っていたバルバロトが鼓舞するかのように高らかに叫ぶと、居並ぶ騎士達もそれに続く。

「我らの剣は祖国の為《ため》に！」

「我らの剣は祖国の為に！」

「我らの盾は民の為に！」

「我らの盾は民の為に！」

「我らの誓いはゼアトにあり、我らの誉れは主の為に。我らの忠誠を今ここに！」

「我らゼアトを守らんが為にこの命、この魂、ここに捧《ささ》げん！！！」

「全員、抜剣！　総員突撃いいいっ！！！」

「うおおおおおおおおおおおおおおっ！」

総勢二百名の騎士が志を一つにして、怨敵を討ち滅ぼす勢いで駆け出した。

その姿を見た帝国軍の指揮官は嘲笑《あざわら》うように鼻を鳴らした。

「ふっ。蛮勇という言葉を知らぬ馬鹿共め。いや、現実を直視できなくなったか？　まあ、どちらでも構わん。砲撃部隊、撃ち方用意！」

砲撃部隊は指揮官の命令に従い大砲を撃つ準備を整える。後は発射命令を待つだけ。

十分に引き付けて、確実に当たる距離にまで騎士達が近付いたのを確認した指揮官は怒号のような命令を下した。

「撃てぇっ！！！」

ドンッ！　ドンッ！　と砲撃部隊が大砲を放つ。

帝国が開発した大砲は魔力を装塡して魔法弾を放つものとなっており、大砲から放たれるのは火属性の炸裂弾《さくれつだん》だ。

着弾すれば爆発して周囲を吹き飛ばし、直撃すれば死は免れないだろう。

指揮官の目論見《もくろみ》どおり、炸裂弾はバルバロト達を直撃する。

爆炎がバルバロト達を包み込み、帝国軍は自身の勝利を確信した。

「他愛もない。むざむざ死ににくるとは愚かな奴らだ」

目を閉じながら軍帽を深く被《かぶ》り直し、進軍を再開させようと指揮官が目を開いた時、驚くべき光景が広がっていた。

なんと大量の炸裂弾を浴びたはずの騎士達が無傷でこちらへと迫ってきていたのだ。

これには砲撃部隊の隊員も指揮官も驚きに満ちた声を上げた。

「な、なんだと!?　そんな馬鹿な！！！」

障壁を張っていたとしても炸裂弾の威力はそう簡単に防げるものではない。

それも並の騎士ならば尚更《なおさら》だ。信じがたい光景に帝国軍には動揺が走る。

「うろたえるな！　もう一度お見舞いしてやれ！」

指揮官の指示に従い、焦っていた兵士達も落ち着きを取り戻して大砲に魔力を装填した。

発射用意が出来たのを指揮官が確認して再度砲撃を行う。

「撃てぇっ！！！」

二度目の砲弾の雨が騎士達を襲う。

しかし、騎士達にはレオルドから貰《もら》った魔道具、魔法盾《シールド》がある。

自身の魔力を一切消費することなく展開される盾は帝国の砲撃を見事に防いだ。

爆炎に包まれていた騎士達が、全くの無傷で爆炎の中から飛び出してくる姿をもう一度見た帝国軍は恐怖に顔を歪《ゆが》ませる。

「し、指揮官！！！」

指示を仰ごうと副官が指揮官に声を掛けるも指揮官は動揺しており固まっていた。

必死に思考を巡らせる指揮官は冷や汗を流しながら、目の前の光景を見詰めていた。

（なぜだ！　なぜだ！　なぜだ！　奴らは何をした!?　一体何をしたんだ！　まさか、我らが知らないだけで王国も新兵器を開発していたのか!?　だとすれば、不味《まず》い。この戦争、こちらが想定していた以上に被害が出ることに――）

「指揮官っ！！！」

「っ!?　砲撃部隊は後退せよ！　歩兵部隊前へ！」

思考が混乱していた指揮官だが、副官からの呼び声に正気を取り戻して砲撃部隊を下がらせた。

砲撃部隊が下がると、代わりに歩兵部隊が前へ進み騎士達と対峙《たいじ》する。

歩兵部隊は剣と、帝国が開発した魔道銃というものを装備している。

魔道銃は文字通り魔法を弾丸として撃つ事が出来る。

弾薬の代わりに魔力を装填する仕組みになっており、属性を変えることも出来る代物だ。

「一斉射撃、撃てぇっ！！！」

バババババッと無数の氷属性弾丸が騎士達に襲い掛かる。

先程は爆炎でどうやって防いだか見えなかったが、氷で出来た銃弾ならばどのようにして、こちらの砲撃を防いだかを見ることが出来る。

歩兵部隊から放たれた銃弾は騎士達に直撃する瞬間、魔法盾により弾《はじ》かれてしまう。

それを見た指揮官は口元を歪ませる。

(なるほど。何か秘密があると思ったが奴ら障壁を展開していただけか！　ならば、問題はない。このまま数で押し切れば魔力切れを起こすはず。そして無防備になったところを撃てばいいだけだ！)

基本、騎士や兵士といった者達は魔力が少なく、身体強化などにしか魔力を回せない。

そのため、騎士や兵士は鎧《よろい》で防御力を底上げする。

対して魔法使いは魔力が多いので動きやすい服装が多い。

何故《なぜ》ならば防御面は障壁を展開すればいいからだ。

それゆえに指揮官も勘違いをしていた。

ゼアトの騎士達は少ない魔力を障壁に回しているだけに過ぎないと。

だからこそ、慢心が生まれる。このまま攻撃を続ければ勝てると。

数の暴力で押し切れば王国の騎士は成す術《すべ》もなく倒れるだろう。

そう確信していた指揮官の顔は数秒後、真っ青に染まった。

夥《おびただ》しい数の銃弾を受けても騎士達の障壁は消えることなく、こちらへと接近してきたからだ。

（馬鹿な！　奴らは障壁に魔力を注ぎ込んでいるはず！　それが何故ここまで？　まさか、魔法使いが紛れ込んでいるのか？　いや、見る限り魔法使いらしき存在は見えない！　だとすれば、奴らは魔法剣士なのか!?　くそ！　とにかくここは後退すべきだ！）

騎士は魔力が少ないという認識が指揮官の思考を邪魔してしまった。

そのせいで帝国軍の歩兵部隊は王国軍の騎士が近付くことを許してしまう。

これは帝国軍にとって大きな失態である。

「全軍撤退せよ！　奴らは魔法剣士の可能性が高い！　接近される前に撤退！」

急いで撤退命令を下すが、すでにバルバロトの剣が届く距離になっていた。

バルバロトは帝国軍が銃を撃ちながら後ろに下がるのを見て、一気に距離を詰めるべく足に力を込める。

ドンッと地面を蹴ってバルバロトが加速する。

魔法盾によって銃を気にすることなくバルバロトは帝国軍へと接触した。

「う、うわあああああっ！！！」

叫び声を上げ、死に物狂いで帝国軍の歩兵はバルバロトへ銃を乱射するも、すべて障壁に阻まれる。

やがてカチカチと引き金を引く音しか聞こえず、魔力がなくなり弾薬が尽きた事を理解した歩兵は絶望と恐怖に顔を歪める。

「あ、ああ、あああ！！！」

銃を捨てて逃げ出そうとしたが時すでに遅し。

バルバロトが一閃《いっせん》を放ち、帝国軍兵士の首が三つ飛んだ。

「我が名はバルバロト・ドグルム！　ゼアト一の騎士なり。さあ、我こそはと言う者は掛かってこい！！！」

返り血を浴びながらバルバロトが名乗り上げ、帝国軍はその気迫に怖気《おじけ》づいていた。

しかし、一人だけが怒り心頭にバルバロトを睨《にら》みつけていた。

「副官。すまない。敵を軽んじていた私の失態だ。私は殿《しんがり》を務める。貴官はこれより私に代わり指揮を取れ！」

「な!? 指揮官！ 考え直してください！ この程度の被害ならばまだ立て直すことは十分に可能です！」

「いいや。敵は我々が想定していた以上に強い。それに先程見た敵の機動力ならば撤退は不可能だ。ならば、ここは何人かを残して足止めに徹しなければならない。そして、私の失態で招いてしまった責任を取らねばならない。分かってくれ」

「で、ですが……」

「これ以上は時間がない。副官、あとは頼んだ」

それだけ伝えると指揮官は腰に差していた剣を抜き、数人の部下を引き連れてバルバロトと対峙する。

後を託された副官は指揮官の武運を祈り、部下を引き連れて撤退を再開した。

「待て！ 逃がさん！」

「ここから先へは行かせんぞ。バルバロト・ドグルムっ！」

「ぬうっ！」

帝国軍を逃がすまいと、追いかけようとするバルバロトを指揮官と数十人の兵士が、取り囲んだ。

これはさすがに厳しいかと思われたが、そこへバルバロトの部下達が到着する。

「バルバロト隊長！　ここは我等《われら》にお任せを！」

「おう！　頼んだ！」

すでに相手の実力を見切っていたバルバロトは、目の前の兵士を切り伏せ、逃げていく帝国軍の追撃を試みる。

だが、そこへ指揮官が飛び出し、バルバロトの追撃を阻止した。

「む！　俺の剣を止める者が帝国軍にもいたか！」

「侮るな！　貴様ら王国軍とは数も違えば質も違うのだ！」

「ほう！　よく言った。ならば見せてみろ。その力を！！！」

力強く指揮官は言うもののバルバロトの一撃は重く、今も受け止めるので精一杯で奥歯を嚙《か》み締め、懸命に耐えている。

（くっ……これほどまでに王国軍は強いというのか！　だが！　しかし！　私も帝国軍で指揮官にまで上り詰めたプライドがある！　ここで負けるわけにはいかぬ！）

指揮官も帝国軍という大勢の人間がいる組織で荒波に揉《も》まれながらも、今の地位にまで実力と功績で上った男だ。そう簡単に負けるほど弱くはない。

「ぬぅううおおおおっ！」

押し負けていた剣を指揮官は気合と共に弾き返した。

「おおっ！　見事！　だが、その程度ならば！」

剣を弾き返されたことに驚きながらも、相手を称賛するバルバロトは一歩も引かない。

むしろ、少しは手応えのある相手がいると喜びが勝っていた。

バルバロトはさらに踏み込んで、先程よりも強力な一撃を指揮官に叩《たた》き込む。

「ぬっ、ぐぅおお！」

受け止めた指揮官であるが、先程よりも重たい一撃に身体《からだ》が悲鳴を上げている。

これは流石《さすが》に防ぎきれない。

そう思った瞬間、指揮官は身体を捻《ひね》って剣を受け流し、バルバロトから距離を取る。

「ふむ。なるほど、見切ったぞ。貴様の剣」

冗談であってほしいと願う指揮官だが、次の瞬間バルバロトが間合いに入ってきていた。

防御に回ろうとしたが、バルバロトの剣速の方が圧倒的に速い。

「討ち取ったり」

その言葉と同時に指揮官は地に倒れ伏し、真っ赤な鮮血が地面を赤く染め上げた。

（ああ、時間稼ぎにもならなかった……）

命を賭しても大した時間稼ぎは出来なかったと、指揮官は無念の死を遂げた。

決死の覚悟で臨んだ指揮官を含めた兵士達《たち》は、バルバロト率いる騎士達の前に散った。

「バルバロト隊長！　逃げていった帝国軍を追いますか？」

「……いや、構わん。我々はここで引き返す。後は餓狼《がろう》部隊に任せる」

「援護はしなくてもいいのですか?」

「問題はない。餓狼部隊ならば大丈夫だ」

「そうですか。では、我々は砦《とりで》に戻るということでよろしいでしょうか?」

「ああ。退《ひ》くぞ」

剣を鞘《さや》に納めながらバルバロトは、最後に倒れている指揮官に目を向けた。

(名前こそ聞かなかったが、部下を逃がすために命を賭した貴殿のことは忘れん。さらばだ、誇り高き帝国軍の指揮官よ)

部下を逃がすため、勝ち目のない戦いに身を投じた指揮官のことをバルバロトは心の中で称《たた》えたのだった。


バルバロト達が撤退を始めて、追撃が無くなった事を知り、帝国軍は安堵《あんど》していた。

これ以上の被害はなく、安心して自陣に戻れると。

無事に歩兵部隊と砲撃部隊は自陣に戻ることが出来た。

指揮官を失ってしまったが、編成を整えれば再出撃は可能である。ただし、士気は下がっている。それでも上から戦えと命じられれば、戦わなければならない。

その帝国軍陣地の様子を木陰に隠れている餓狼部隊は偵察していた。

（バルバロト達はうまくやったようだな。負けたことで帝国軍は動揺しているに違いない。叩くなら今だ）

帝国軍の歩兵部隊と砲撃部隊が戻ったのを確認したジェックスは指示を出す。

「出るぞ、餓狼部隊！」

「おう！」

敗走し、まだ動揺しているであろう帝国軍に向かって餓狼部隊は木陰から飛び出した。

警備をしていた帝国軍兵士は、森の中から飛び出してくる餓狼部隊を発見して叫ぶ。

「敵襲！　敵襲！！！」

まさかの事態に帝国軍は慌ただしくなる。

よもや、戻ってきてすぐ陣地に直接奇襲を仕掛けてくるとは思わなかったからだ。

しかし、最初こそ慌てたものの冷静に考えれば、敵は無謀なことをしているだけだと分かる。

なにせ、ここは帝国軍の陣地であり、控えている兵士の数に所持している兵器の数を考えれば奇襲部隊など恐れることはない。

確かに先程、王国軍の騎士部隊には負けてしまったが、そう何度も同じことが起こるわけがない。

そう考えれば恐れることはない。奇襲を仕掛けて来たのは、恐らく仲間が勝ったから調子に乗っているのだろうと予想する帝国軍。

ならば、今度こそ自分達の力を見せつけてやろうと奮起する。

敵陣地へ突入したジェックスは軽く暴れてやろうかと舌なめずりをしたが、そこには銃を構えた大勢の兵士がいた。

「げっ！」

「撃てぇっ！」

これは流石に予想していなかったとジェックスは慌てて陣地から飛び出した。

部下にも撤退命令を出してジェックスは、砦とは反対方面に向かって逃げていく。

ジェックス達を逃がしはしまいと帝国軍が追いかける。

当初の予定とは違うが、ジェックスは苦笑いしながらも考えていた作戦を発動する。

「全員、転移魔法陣まで走れ！！！」

帝国軍にも聞こえるほど大きな声で、部下に指示を出したジェックスはひたすらに走る。

ジェックスの言葉を聞いた帝国軍の兵士達は、途轍《とてつ》もない情報に驚いてしまう。

「転移魔法陣だって!?　まさか、こんな近くにあるとは！　これは絶好の機会だ！　奴《やつ》らを捕らえて転移魔法陣を奪取するぞ！」

「了解！！！」

転移魔法陣を奪うことが出来れば帝国軍の士気が上がり、更なる軍事力強化にも繋《つな》がる。

是が非でも手に入れなければならないと帝国軍は、逃げる餓狼部隊を追いかけていく。

──それこそがジェックスの狙いだと知らずに。

砦から離れるようにどんどん進んでいき、帝国軍を誘い込む餓狼部隊。

本来であれば帝国軍など簡単に撒《ま》くことの出来る餓狼部隊だが、今回は作戦の為《ため》に付かず離れず距離を保っている。

「ジェックス隊長。そろそろです」

「ああ。分かっている」

ジェックスは追いかけてくる帝国軍を一瞥《いちべつ》した後、部下達へ指示を出す。

「全員、速度を上げろ！」

餓狼部隊は速度を上げて一気に帝国軍を突き放す。

どんどん敵との距離が開く帝国軍は焦りから視野が狭くなっていた。

「今だっ！」

ジェックスは懐から何かのスイッチを取り出して押した。

すると次の瞬間、餓狼部隊の後方で走っていた帝国軍が爆発に巻き込まれて吹き飛んだ。

突然の爆発により、多数の被害者を出してしまった帝国軍は混乱に陥る。

「な!? 罠《わな》だったのか！　くそ！」

転移魔法陣という言葉に帝国軍は視野が狭くなっていた。罠だという可能性を一切考慮しておらず、逃げていくのは自分達を恐れているばかりだと勝手に思い込んでいた為に、まんまと策にはまってしまったのだ。

「た、隊長！　どうしますか!?　引き返しますか？　それとも追いかけますか？」

「………負傷者を連れて総員撤退」

今、考えればジェックスの声はあからさまだった。

目先の欲にとらわれず、冷静でいれば話は違っていたのかもしれない。

「与えた被害は……思ったよりも少なかったな」

引き返していく帝国軍を見てジェックスは、あまり成果が出せなかった事を愚痴る。

転移魔法という餌をチラつかせれば、敵は喰《く》いついて来るだろうと予想していた。

ジェックスの予想は見事に的中したが、思っていた以上の戦果は出せていない。

転移魔法は帝国からしたら喉から手が出るほど欲しいに違いないと踏んでいたのに、意外にもあっさりと手を引いてしまった。

ジェックスの考えでは多少の被害を被ってでも強行突破してくると思っていた。

何せ帝国軍は数が尋常ではない。多少、兵士が死のうとも痛くも痒《かゆ》くもない。

やはり、現実はそう甘くはないとジェックスは思い知る。

「もう少しくらいは減らせると思ったんだが、そう簡単には上手《うま》くいかないか」

「どうします、隊長？　向こうが逃げたんじゃ俺らの役目は終わったみたいですけど？」

「戻るぞ。恐らく二度目は通じないからな。最初の一回でもっと大きな戦果を挙げられれば良かったが、流石にそこまで甘くはないらしい」

「分かりました。では、戻りましょうか」

大きな戦果は出せなかったが、多少は帝国軍に打撃を与える事が出来た餓狼部隊は、帝国軍陣地を大きく迂回《うかい》して、設置された転移魔法陣を使ってゼアトへ帰還した。

ゼアトへ戻った餓狼部隊はゼアト騎士部隊へと合流する。

互いに生存報告などをしてから休息を取る。

休息を取っている時にジェックスとバルバロトは情報交換を行う。

「ジェックス。どうだった？」

「あ～、転移魔法で釣ってみたが意外にもあっさり引き返しやがった」

「何？　じゃあ、そこまで戦果は挙げられなかったのか？」

「ああ。もう少し食い下がるもんだと思っていたが、勘が外れちまったようだ」

「まあ、仕方ないだろう。罠に嵌《は》められたと分かったなら普通は引き返すさ」

「まあな。でも、それを踏まえた上での予想だったんだけどな〜」

「では、次からが問題だな」

「そうだな。帝国軍も考えを改めるだろうよ。舐《な》めて掛かっていい相手じゃないってな」

「本当の戦いはこれからというわけか……」

「そうなるな。出来りゃ早いとこ大将には皇帝を取り押さえてもらいたいぜ」

「我々は信じてゼアトを守る事だけに集中していればいい」

「だな。さて、上の連中に報告しに行くか〜」

二人は初戦の勝利を報告しにベイナード達のもとへ向かうのだった。


帝国との初戦で白星をあげた事に、王国軍は歓喜に包まれる。

相手は大陸最強の帝国軍で王国にはないような兵器を駆使する集団だ。

いくらバルバロト達に秘策があると言っても、勝ち目はないだろうと王国軍の者達は予想していた。しかし、蓋を開けてみればどうだ。

まさかの快勝というではないか。これを喜ばずにはいられなかった。

会議室に呼ばれた二人を待っていたのは称賛の嵐。

華々しい戦果を挙げた二人を褒め称える王国軍の将官達。

対して顔にこそ出してはいないが、褒められているはずの二人は王国軍の現状を憂いていた。ただし、王国軍全てにと言う訳ではない。

きちんと現状の危うさを理解している者達《たち》はいる。

その筆頭のベイナードが総大将のおかげで二人は安心出来る。

「二人ともご苦労。よくやってくれた」

「お褒めに与《あずか》り光栄です」

頭を下げた二人が顔を上げてからベイナードは話を続ける。

「さて、初戦は二人のおかげで見事に勝利を収めることが出来た」

そこでベイナードは言葉を切り、剣呑《けんのん》な目を見せる。

「しかし、問題はこれからだ。恐らく帝国は、今回の敗北で我々が油断ならない相手だと認識したことだろう。となると次の戦いは今回よりも戦力を投入してくるに違いない。明日以降の戦いは益々《ますます》厳しいものとなる」

ベイナードの言葉に幹部達も現状がどれだけ危ういかを理解する。

もっとも一部の無能な者はその言葉を聞いてなお、見下すように鼻で笑っていた。

「ふっ。何を言い出すかと思えば。臆病風にでも吹かれましたかな？　ベイナード団長」

臆病者発言にピクリと片眉を上げ、かすかに苛立《いらだ》ちを覚えるベイナードだが、反論することなく黙って聞く事にした。

「今回の勝利は帝国軍の士気を下げ、我々の士気は上がった。ならば、今こそ攻め時でしょう。恐れをなしている今の帝国軍ならば我々の敵ではない！」

強気な発言に一部の者達は扇動されてしまう。

快勝したことで気が大きくなったのか、今こそ好機だと言って止《や》まない。

確かに一理あるのだが、そもそも戦力差がありすぎるので攻めたとしても返り討ちに遭うだけだ。その事を彼らはすっかり忘れてしまっている。

「はあ……静かにしたまえ」

「おや？　ベイナード団長はやはり乗り気ではないので？」

「そうではない。冷静になれと言っているのだ。諸君らの言い分は確かに分かる。しかしだな、真正面から戦って勝ち目があると本当に思っているのか？」

「ええ。当然ではないですか。実際、勝っているのですから」

「今回は向こうが慢心。こちらの作戦が上手くいっただけだ。次はない」

「ならば、別の策を練れば良いだけでしょう？　何をそんなに恐れていらっしゃる？」

「数の上ではこちらが圧倒的に不利なのだ。いくら策を練ったところで数で押し負けるのは理解出来るだろう？」

「ですから、数の不利すら打ち消すほどの策を練ればいいと言っているのです。実際に今回は数の不利を覆し勝利を収めた。難しい話ではありますまい？」

「それは帝国がこちらを侮っていたからだ。最初から帝国が本気を出していればこちらが敗北していた」

「それでは我々は決して勝てぬと？　そう仰《おつしや》るので？」

「そうではない。我々が考えなければならないのは勝利ではなく、いかにして時間を稼ぐかだ」

「ベイナード団長は消極的な意見ばかりでらっしゃる。まるで話になりませんな。これでは勝てる戦も勝てますまい」

やれやれといった感じで肩を竦《すく》める男にベイナードは青筋を立てる。

話にならないのはどちらの方だと、今すぐにでも怒鳴り散らしてやりたいと思っているベイナードだが、必死に抑える。

しかし、このままでは埒《らち》があかないのも事実。

（ここまで言うのならいっそ最前線に送り込んでやろうか？　出来れば戦死でもしてくればいいのだが、この男は腐っても指揮官だ。自分は安全圏から指示を出すだけで死ぬのは部下達。はあ……レオルドが内側の敵を減らしてはくれたが、残ったのがこんな無能ばかりだとは）

今回の勝利で王国軍の士気は上がったが、それだけで勝てる相手ではない。

むしろ、今の状況の方が危ういのだ。

ここで王国軍が勝利に酔ってしまい無謀な突撃でもすれば、帝国軍に敗北してしまう。

そうなってしまえば、警戒していたはずの相手が実は弱かったと認識されてしまう。

すると、どうなるかは誰にでも想像が出来る。

後は数に任せて砦《とりで》を攻められれば、王国軍は成す術《すべ》もなく惨敗するだけ。

攻めればボロが出て負け、籠城すれば時間こそ稼げるが勝つことは出来ない。

帝国軍がその事実に気が付けば、今の均衡はたちまち崩れてしまう。

その事をしっかりと理解している者もいるだろう。だが打開策が思いつかないので黙っている。

しかし、これ以上あの無能に好き勝手言われるのは許せず、ベイナードは問いただす事にした。

「一つ問いたいのだが、そこまで自信があるのなら何か良い策でもあるのでしょうな？」

「何の為の軍議ですかな？　それを考えるのが軍議でしょう」

（こいつ！　言うに事欠いて無策だと！　舐めてるのか！！！）

見事にベイナードを含む現状を理解している者達の意見が一致した瞬間である。

まさか、あれだけベイナードに食って掛かっていた癖に何も考えていなかったのかと怒りを通り越して呆《あき》れてしまう。むしろ、ある意味大物であった。

ベイナード同様、現状を理解している指揮官のひとりが続けて問う。

「ほ、ほほう。確かにその通りですな。しかし、現状帝国軍は我々を警戒しており、刺激するのはよくないと思うのですが、その点についてはどう思われますか？」

「何を言っているのです？　警戒している今こそ攻めるべきでしょう。全軍で攻めれば怖気付《おじけづ》いている帝国軍など容易《たやす》いでしょうよ」

（それが出来ないから困ってるんだろうが！）

質問している指揮官は必死に怒りを堪《こら》えながらも会話を続ける。

「全軍で攻めたとしてゼアト砦は誰が守るのです？」

「勝てばいいだけでしょう？　そうすれば守る必要もなくなりますからな。ほら、言うではありませんか。攻撃こそ最大の防御と！」

（数が勝ってたらそれでもいいが、劣ってるから策を練らなきゃならんのだ！　なんで、こんな奴《やつ》が指揮官になったんだ……！）

もう何を言っても通じそうにはない。

これだけ言っても理解できないのだから言うだけ無駄かもしれない。

結局、時間の無駄であると説得を諦め、それ以上会話を続けることはなかった。

ある意味、言い負かされたと言ってもいいかもしれない。

馬鹿は時にとてつもなく強いということが証明された。

「一先《ひとま》ず、明日は防衛に徹する。それでいいな？」

「お待ちください！　私は今こそ――」

話にならないとベイナードが強引に意見を纏《まと》めて軍議を終わらせようとした。

「これは王国軍の総意だ。反論は認めぬ」

ベイナードに一蹴され、指揮官は何も言えずに軍議が終わるまで悔しそうに拳を握り締め、奥歯を噛《か》み締めながら俯《うつむ》いていた。

軍議が終わり、各々それぞれの陣営に戻っていく最中、最後までベイナードに反発していた指揮官は非常に焦っていた。

（く、くそ！　このままでは何の功績も挙げられないではないか！　こうなったら、仕方あるまい。私がどれほど優れているかを見せ付けてやる。そうすれば自分達が間違っていたのだと頭を下げるに違いない。くっくっくっ！）

仄暗《ほのぐら》い笑みを浮かべる指揮官はとんでもない暴挙に出ることを決めたのである。

一夜明けて、ベイナードのもとへ一人の騎士が転がるように駆け込んでくる。

非常に焦った様子の騎士を見てベイナードは只事《ただごと》ではないことを察した。

「どうした。何があった？」

「も、申し上げます！　一部の者達が命令を無視して出撃しました！」

「そうか……」

もっと動揺するかに思われたがベイナードは、まるで分かっていたかのように落ち着いていた。

その様子に首を傾《かし》げる騎士はベイナードに尋ねる。

「あの……驚かれないのでしょうか？」

「ん？　ああ、先日の軍議で一部の者達が不満を抱えていたのは知っていたからな。何か仕出かすと思っていたからな。そこまで驚く事ではない。それよりも聞きたいのだが、どれだけの騎士が出撃をしたのだ？」

「五百名です」

（ふむ……私兵だけか。あの指揮官だけなら見殺しにするのは構わんが、無理矢理連れて行かれた騎士達を見殺しには出来ない）

ベイナードはすぐに支度を整えて、暴走した指揮官の部隊を救うべく出撃する。

ベイナードが砦を出た時には、一部の暴走した王国軍は帝国軍によって包囲され、壊滅寸前であった。

「やはり昨日の部隊は王国の切り札だったようだな。こいつらを見る限り我々の敵ではないだろう」

帝国軍の指揮官は昨日の敗因が、王国軍の切り札によるものだと結論を出す。

「報告、砦より援軍と思われる部隊を確認しました！」

「ほう。規模はどれくらいだ？」

「一個旅団ほどです」

「それは少々相手をするのが面倒だな。引き上げるとしようか。十分な収穫はあった。王国軍は恐るるに足らず。それだけ分かれば十分よ」

帝国軍はゼアト砦からベイナード率いる援軍を確認すると、すぐに包囲を崩して陣地へと撤退した。

撤退を始める帝国軍にベイナードは戸惑うが、優先するべきは味方の救援。

生き残った者達を保護してベイナードは砦へと引き返した。

残念ながら生存者の数は百にも満たない。

そして、生き残った多くの者が戦意喪失しており戦力外となってしまった。

今回の事態を招いてしまった指揮官は運よく生きてはいたが、責任を問われ王都へと強制送還される。

命令を無視した挙句、多くの戦死者を出してしまった指揮官は良くても終身刑、最悪死刑だ。

その事をベイナードから告げられて、項垂《うなだ》れていた指揮官だが自業自得なので誰一人慰める者はいなかった。

王国軍の方で一騒ぎ起こっている間、帝国軍の方では朗報に喜んでいた。

「ははははっ！　やはり、王国軍は切り札を切っていたわけか！　ならば、もう恐れる事はない！　数で押してしまえばこちらの勝ちは決まったも同然だ」

「ええ、ええ！　そうですな。どうやら、王国軍は我々を進ませないように最初から切り札を切ったのでしょう！　見事に嵌《は》められましたが、もう恐れることはありませんな。後は蹂躙《じゅうりん》するだけだ」

「ふふっ。馬鹿には感謝せんとな。まさか、王国軍の現状を教えてくれるとは。褒美をやりたいくらいだ。はっはっはっはっは！」

帝国軍はこれで確信する。王国軍は恐るるに足らず。

これで方針が決まった。圧倒的な物量で砦を攻め落とす。

そうすれば、いかに魔法剣士が優れていようとも圧倒的な数の前では蹂躙されるだけだ。

そうと決まれば話は早い。帝国軍は明日に備えて準備を始める。

先日とは違い、圧倒的な戦力差を王国軍に見せつけようとしていた。

その頃、王国軍も帝国軍が動いている事を察し軍議を開いていた。

「恐らく、今回の事で帝国軍には我々の切り札を知られたことだろう」

「では、どうするのです？」

「何か策はないのですか？」

「現状、我々には籠城という作戦しかない。しかし、帝国軍が先日以上の戦力で攻めてくれば……そう長くは持たないだろう」

その言葉に誰もが下を向いた。最早《もはや》ここまで、と。

折角バルバロト達《たち》が稼いだ時間も無駄になってしまった。

誰かを責めようにも、その相手は既に転移魔法陣で王都へ強制送還されている。

「ベイナード団長。発言してもよろしいでしょうか？」

「バルバロトか。構わん。何かあるなら言ってみろ」

「は！　レオルド様より、もし打つ手がなくなった場合にとある男を呼べと命じられております。お呼びしても良いでしょうか？」

「ああ。それはいいが、その男とやらはどんな人物なのだ？　レオルドの部下というのならば信用は出来るが……？」

「御安心を。レオルド様の部下にございます」

「しかし、俺はお前とジェックス以外は特に知らぬが、どのような人物なのだ？」

「……一言で言えばシャルロット様に次ぐ危険人物、でしょうか」

「何⁉　そのような人物がレオルドの部下にいるのか？」

「はい。ただ、心強い味方なのは確かかと」

「そういう事であるのなら分かった。一度ここに連れて来い」

「は！」

それからしばらくして、バルバロトが連れて来たのは白衣を身に纏った色白で細身の男。ちゃんと栄養を取っているのかと問い詰めたくなるくらい貧弱な見た目をしている。

そんな男を見てベイナードは疑問を抱く。

本当にこの状況を打破出来るのかと。そして、本当にシャルロットに次ぐ危険人物なのか、と。

軍議をしている会議室に連れて来られた男は、挨拶をしようと一歩前に出る。

喋《しゃべ》りだそうとした瞬間に男は、勢い良く咳《せ》き込んだ。

「ゴッホ、ゴホ……！　オエッ、ゲホ……！」

その様子に、会議室にいたバルバロトとジェックス以外の者達は大丈夫なのだろうかと心配する。

「す、すみませんね～。何分、身体《からだ》が弱いもので。少し階段を上り下りするだけで息切れするほどでして」

情けなく笑う男はぽりぽりと後頭部を掻《か》いている。

「そうか。まあ、なんとなく想像はつく。それよりも自己紹介がまだだが？」

「ああ、これは失敬。私、ゼアトで魔法の研究をさせて頂いております。ルドルフ・バーナードと申します。以降お見知りおきを」

「ルドルフ・バーナード？　はて、どこかで聞いたことのある名前だが……」

ルドルフの名前を聞いたベイナードが首を傾げていると、一人の指揮官が椅子を倒さんほどの勢いで立ち上がる。

「ルドルフ・バーナードだと⁉　まさか、あの爆弾魔ルドルフで間違いないのか？」

「おや、私のことをご存知でしたか。でしたら、お話が早い。想像している通りのルドルフ・バーナードで間違いございませんよ」

「なっ、なっ⁉」

想像していた通りのルドルフだと分かった指揮官は思わず後ずさりをした。

「思い出した。お前、研究所を爆破したルドルフか」

ずっと頭の隅に引っかかっていた記憶を思い出したベイナードはポンと手を叩《たた》く。

「ええ、はい。そのルドルフです」

ベイナードが思い出したのは王都で起こった、魔法研究所の爆発事件。

その原因であり、爆破した犯人がルドルフであった。

ルドルフは魔法の研究に携わっており、魔道具の開発なども手掛ける優秀な研究者でもあった。だが研究熱心なせいで周囲が止めても危険な実験を繰り返し、周囲をいつもハラハラさせていた。

そしてついに、ルドルフは実験中に魔導具を暴発させて研究所を吹き飛ばした。

幸いな事に死者は出ていない。

しかし、研究所を爆破し、怪我人《けがにん》を出したルドルフは研究所から追放。

さらには実家からも縁を切られている。

「ほう。研究所を追い出され、家からも追い出されて野垂れ死んだと聞いていたが、まさか生きていたとはな。どこで何をしていた？」

「旧市街地の方でその日暮らしをしておりました。その時にレオルド伯爵が私のところまで訪ねて来まして、説得の末に雇われたと言う次第です」

「なるほど。レオルドはお前の事を知っていたのか？」

「はい。私が過去に何をしたか知った上で勧誘されました。それにレオルド様は自身も過去に大きな過ちを犯したからな、と豪快に笑っておられましたよ」

「そうか。それはよかったな」

レオルドがルドルフを見つけたのはほんの数ヶ月前。

有能な人材を探すために自ら王都へ赴き、国王に許可を貰《もら》ってシルヴィアと一緒に歩き回った成果がルドルフとハンナだ。

過去に研究所を爆破している危険人物としか言えないルドルフ。

そう簡単に部下にしてもいいのかと思われるが、レオルドはシャルロットに比べれば可愛《かわい》いものだと判断してルドルフを口説いた。

そのおかげでルドルフはゼアト魔法研究部門の部長に就任したのだ。

ハンナの方はシェリアの部下となり、給仕をしているがいざという時は戦闘員にもなる訓練を行っている。

ちなみにルドルフはゼアトでも何度か研究所を爆破して吹っ飛ばしている。

ただ、その現場には大体領主のレオルドと世界最強の魔法使いシャルロットがいるのでお咎《とが》めなしであり、住民にとっては見慣れた光景になっている。

間違いなく初見だと驚かれるが、レオルドとシャルロットが結界を張っているので周囲に一切の被害はなく、ある種の日常と化している。

「ところで私の力が必要だと聞きましたが？」

「ん、ああ。お前も知ってのとおり今は戦争の真《ま》っ只中《ただなか》だ。ゼアト砦《とりで》を要とした防衛戦なのだが、こちらが取れる手段は籠城しかない。いくら転移魔法で人員や物資を補充できても拠点が潰されてしまえば元も子もない。打開策を考えなければならないのだが、手詰まりでなぁ……」

「はあ。なるほど。レオルド様が仰《おつしや》っていたのはこのことでしたか」

「レオルドはこの状況も読んでいたのか？」

「想定はしていたようですね。ですから、準備は出来ておりますよ」

「それは心強いが……どのような案なのだ？」

「私達の研究成果を帝国軍にお見せするというものです」

「そうか。ん？　待て。私達と言ったか、今？」

「はい。それが何か？」

「その研究とやらはお前の他に誰が絡んでいる？」

「レオルド様とシャルロット様にございます」

二人の名前を聞いてベイナードは頬が引き攣《つ》る。

レオルドが絡んでいるのはなんとなく分かるが、もう一人の方は手に負えない。

何せ世界最強の魔法使いであり、トラブルメーカーでもある。

そんなシャルロットが関わってるとなれば、ベイナードが顔を引き攣らせるのも無理はないだろう。

ルドルフは混ぜるな危険を平気で行う人間で、レオルドは生きる為《ため》ならば何でもよしの人間で、シャルロットは知的好奇心が満たされるならばなんでもよしの人間だ。

そんな三人が組んだら何が起こるかなど容易に想像が出来る。

明日の戦いは阿鼻叫喚《あびきょうかん》の地獄が待っているに違いない。

いよいよ二度目となる防衛戦が始まろうとしていた。

帝国軍はゼアト砦を攻略する為に攻城兵器を持ち出している。

砲撃部隊、歩兵部隊と最初の防衛戦以上の戦力を用意していた。

「注意すべきは魔法剣士で編成された部隊のみだ。それ以外は案山子《かかし》と思ってもいい！では、進軍を開始する。我々の、帝国の力を見せ付けてやれ！！！」

万の軍勢がゼアト砦に向かって進軍を始める。

その光景を見ていた王国軍の騎士は、ベイナードのもとに報告へ向かった。

報告を受けたベイナードは、先日ルドルフから教えて貰った場所へ赴く。

そこは砦の中心であり、窓から外を眺める事が出来る一角であった。

元々は物置として使われていたのだが、レオルドがそこそこの広さがあり、窓から外も眺めることが出来るので丁度いいと判断し、物置から改装した部屋である。

そこで既にルドルフが待っていた。

窓から外を眺めて帝国軍が進軍してくる様子を眺めていたようで、ベイナードが来るまで窓の外を見ていた。

ベイナードが来た事でルドルフは窓から顔を離し、ゆっくりと振り返ると頭を下げる。

「お待ちしておりました。ベイナード団長。早速、お使いになるので？」

ベイナードが入った部屋には壁や床にびっしりと魔法陣が描かれていた。

そのどれもが三バカ《レオルド、シャルロット、ルドルフ》による研究の成果。

ルドルフが思い出すのはレオルドとシャルロットの三人で行った会話だ。


「土属性と火属性を混ぜて溶岩を流すと言うのはどうだ？」

「それですと二次被害が酷《ひど》いものになりますよ。ぶっちゃけこの辺りの森が全焼します」

最初は、レオルドがルドルフと協力して対帝国に備えて魔法を開発していたのだが、そこにシャルロットが遊びに来て、混沌《カオス》な現場に拍車が掛かる。

「だったら、私が精神干渉の魔法で敵を恐慌状態にするってのはどう？」

「それは素晴らしい！　帝国は魔道銃という兵器がありますから、それで同士討ちを始めれば総崩れするでしょう！」

「それはいいな。でも、倫理的にどうなんだ？　流石《さすが》に酷くないか？」

「何を甘っちょろい事言ってるのよ。抵抗《レジスト》出来ないのがいけないんでしょ。それに昔の魔法使いの戦争はそういうのが当たり前だったのよ！」

「そういうものなのか……。ならば、よし！」

「でしたら、味方も精神干渉で興奮状態にしてはどうでしょうか？　所謂《いわゆる》、狂戦士《バーサーカー》にすればより勝率が上がるのでは？」

「それいいわね！　やっちゃう？　レオルド」

「う～ん……後遺症とか残らない？」

「多少は残るかも。でも、私生活には影響が出ない程度よ」

「試したことがあるので？」

「ええ。何度か動物には試したわ。戦闘にでもならない限りは平気なはずよ」

「それならばいいのでは？　レオルド様」

「それならいいのかな～……？」

「じゃあ、組み込んでおくわね」

それからも思考回路がぶっ飛んでいる三人は改良を重ねていく。

さらにはレオルドが持つ異世界の知識を用いて凶悪な魔法を生み出すことに。

「毒ガスとかあるのか？」

「毒ガス？　それはどういうもので？」

「説明が難しいな。まあ、簡単に言うと吸うだけで身体に害を及ぼすようなものだ」

「ほう。それは毒を持つ魔物が吐く息みたいなものでしょうか」

「そういう認識でいい。出来るか？」

「魔法での再現は難しいですな。シャルロット様はどうですか？」

「う～ん、毒魔法はないのよね～。解毒魔法はあるのに」

「そうですか。でしたら魔道具にするのはいかがでしょうか？　毒を持つ魔物から体液などを摂取して煙玉のようにするとか」

「あー、それくらいなら出来るわ。転移魔法で相手の頭上から降らせるってのはどう？」

「現代兵器よりも凶悪なんだが……！」

「現代兵器？　帝国の持つ魔道銃などでしょうか？」

「ああ～、うん」

「ねえ、レオルド。他に何かないの？」

「え、あ～……」

喋《しゃべ》るべきかどうか悩んだレオルドは既に十分な兵器はあると判断して、二人には黙っておくことにした。

しかし、目敏《めざと》いシャルロットがそれを許さず、レオルドを問い詰める。

「ねえ、レオルド～。他にも何かあるんでしょう？」

「……目敏いな、お前は」

「ふふん。私に隠し事しようなんて百年早いわよ」

「悪いがこれ以上話す事は出来ない。流石にこの知識をおいそれと話すわけにはいかなくてな。だから、今回は見逃してくれ」

「そこまで言うのなら引き下がるわ」

「是非ともお聞かせ願いたい所ですが、レオルド様のご命令には従いましょう」

申し訳なさそうに頭を下げるレオルドを見て、シャルロットとルドルフの二人は知的好奇心をグッと堪《こら》えて引き下がった。

「だが、他にも知識はある。それらをお前達《たち》には教えよう」

「んっふふ～。だから、レオルド好きよ～」

「お～、レオルド様の豊富な知識量には私も敬服するばかりです！」

「というわけで、まず伝授したいのは電磁砲《レールガン》についてだな！　これの原理は――」

面白半分、遊び半分でどんどん頭のおかしい魔法や魔道具が開発されていく。

いつの日か、それが使われることを願いながら。


二人と楽しく魔法や魔道具を開発していた日々を思い出したルドルフの頬が自然と緩む。

まさかこんなにも早く自分達の研究成果を試せる時が来るとは思っていなかったからだ。

ルドルフが笑っている事にベイナードは気が付かない。

もしも、気付けていたなら少しは考えを改めたのかもしれないが、もう止まる事はない。

ベイナードはゼアトの防衛を任されている。

その責任を果たす為に三人が用意していた魔法陣を起動させる事を決めた。

これから起きる出来事は歴史に刻まれるものとなるだろう。

ベイナードはゼアト砦防衛の為にレオルド達が悪ふざけで作った魔法陣を起動させる。


これから何が待ち受けているかなど想像もしていない帝国軍は意気揚々と進軍していた。

砦の門を破壊する為に用意された攻城兵器を携え、やる気に満ち溢《あふ》れていた。

「何も仕掛けて来ませんね……。まさか、何か秘策があるのでしょうか？」

「ふっ……！　我々を恐れているに違いない。それにゼアト砦は一度も攻め落とされたことのない砦だ。かつての栄光にすがり付いて、閉じこもっているだけだろう」

「そうだといいのですが……。前回のようなこともありますのでここは慎重に進んだ方がよろしいのでは？」

「君は上の判断が間違っているとでも？」

「そういうわけではありません。一つの可能性として――」

後方で指揮を執っている指揮官と副官が話している最中。魔法陣が空に浮かび上がる。

突然、魔法陣が空に現れて帝国軍は慌てて足を止めるが時既に遅し。

展開された魔法陣は精神干渉の魔法。怪しげな光が一瞬だけ帝国軍を照らした。

後方にいた指揮官はその光に目を閉じたが、特に変化は見られず、側《そば》にいた副官に話しかけた。

「なんだったのだ、今のは？」

「さあ？　私も分かりませんが特に何もなかったようですね」

二人が不思議に思っていると前方で悲鳴と銃撃音が鳴り渡る。

前方にいた兵士達は魔法陣の影響を受けており、恐慌状態に陥っていた。

混乱しており、敵味方の区別がつかず命令も聞けるような状態ではない兵士達は、互いに魔道銃を向けて――引き金を引いた。

「うわあああああ！！！」

「死ねえええええ！！！」

「きぇあああああああ!!」

「あああああああ！！！」

「ひぇゃあああああ！！！」

止めようとする兵士も見られるが、恐慌状態に陥っている兵士は全てが敵だと認識しており、仲間であろうと容赦なく引き金を引き続けた。

その光景を砦《とりで》から見ていたルドルフは、失われた精神干渉の魔法に歓喜し、震えていた。

人の尊厳を奪う最悪の魔法は、知識としては残っていても使用出来る者は誰一人としていなかった。

しかし、シャルロットという規格外の存在が再びこの世に、その魔法を蘇《よみがえ》らせた。

本来であれば禁忌とされ封印されてもおかしくはない。

それほどまでに冒瀆的《ぼうとくてき》な魔法なのだ。

現に価値観の違いによってルドルフとベイナードの表情は全く違う。

ルドルフはその絶大な効果を目の当たりにして歓喜に満ちており、満面の笑みを浮かべている。

対してベイナードは今まで見てきた魔法の中でも、最悪と言ってもいいほどの光景に顔面蒼白《がんめんそうはく》となっていた。

(あのような魔法が存在するのか……！　レオルドはなんと……なんと恐ろしいものを。今は味方ではあるが、もしレオルドに離反の意思が生まれれば、あの魔法が我々に向けられる。想像はしたくないが……成す術《すべ》もないだろうな)

最悪の未来を想像してベイナードは微《かす》かに震える。

(この光景は私だけではなく多くの者が目にしている。恐らく、いや、十中八九レオルドを排除しようとする者が現れるだろう。これだけのものを見せられれば、手段を問わずレオルドを亡き者にしたいと考えるのは自然のことだが……）

ベイナードの考えている通り、今回の戦争が終わればレオルドを排除しようとする者は確実に現れる。人は未知のものに恐怖するのは自然の事だ。

「いや～、素晴らしいですね！　予想しておりましたがここまでの成果を出せるとは！」

狂喜乱舞しているルドルフは、ポケットにしまっていたメモ帳へ帝国軍の様子と魔法の効果について書き記していく。

「しかし、効果範囲が狭いのが難点ですね。魔法陣の下にいる者達だけにしか効果が発揮されない。これは改良の余地ありとしておきましょう」

カリカリとペンを走らせるルドルフに目をやりながら、ベイナードは外の光景を見詰めていた。

砦の前は阿鼻叫喚《あびきようかん》の地獄と化しており、帝国軍は進軍を中断して恐慌状態に陥っている兵士の鎮圧に追われている。

最早《もはや》、ゼアト砦を落とすという目的を忘れて、懸命に恐慌状態の兵士の対処をしている。声を掛けても止まらず、押さえようとしても暴れ、正気に戻す事もできない。

石化、毒、麻痺《まひ》、混乱といった状態異常は回復魔法での治療が可能なのだが、生憎《あいにく》使い手は前線にはいない。回復魔法の使い手は貴重なので安全な後方で待機していた。

そのせいで恐慌状態に陥っている兵士を助ける術はない。

止める方法は拘束するか、気絶させるか。もしくは殺すしかない。

「う、くっ……！」

決断の時である。帝国軍は味方を、友を、仲間を救う方法を選ばなければならない。

一分一秒を争う。止めなければどんどん被害は拡大していく。

「……ぐ。これ以上犠牲者を出すわけにはいかない。正気を失っている兵士を射殺せよ」

苦渋の決断を下す。恐慌状態に陥っている兵士を止める為《ため》に射殺するよう命じた。

命令を受けた兵士達は頬を涙で濡《ぬ》らしながら、正気を失った友に、仲間に、味方に向かって震える指で引き金を引いた。

帝国軍は想定外の事態に陥ってしまったが、見事に恐慌状態に陥った兵士達の鎮圧に成功した。

しばらくの間、立ち止まっていた帝国軍が再び進軍を始める。

砦から帝国軍の様子を見ていたベイナードは、帝国軍の纏《まと》う雰囲気が変わったことを察知し、眉間に皺《しわ》を寄せる。

（帝国軍の様子が変わった。恐らく先程の魔法が原因か。王国に対して強い憎しみを抱いているに違いない。こうなってくると手強《てごわ》いのだが……）

怒りという感情は人を突き動かす原動力となる。

それこそ怒りが強ければ強いほど激しさを増すだろう。

今、帝国軍を突き動かしているのは皇帝の命令だけでなく、王国へ対しての怒りも含まれていた。こうなったら、人は強い。

怒りが鎮火するまで、激しく燃え盛る烈火のように帝国軍は止まらない。

だがレオルドが施した策は一つだけではない。

「では、第二幕と行きましょうか。ベイナード団長。次の魔法陣を起動させましょう」

ルドルフの言葉にハッとするベイナード。思わず敵に同情してしまったが、今は戦争の真っ最中。

切り替えねばならないとベイナードは頭を振り、次の魔法陣を起動させた。

進軍している帝国軍の頭上に再び魔法陣が現れる。

瞬時に警戒態勢を取る帝国軍だが、先程とは違い怪しげな光に照らされることはない。

「こ、今度はなんだ？　何をする気だ？」

何の動きも見せない魔法陣に戸惑いの声が上がる。

そのすぐ後に、宙に描かれた魔法陣から玉が、ボトボトと地面に転がり落ちてくる。

コロコロと転がっていくのを帝国軍が固唾を呑《の》んで見守っていると、転がっていた玉はピタリと止まる。

何の変哲もない玉が転がっただけかと安心する帝国軍だったが次の瞬間、玉からブシューッと音が鳴り、紫色の煙が噴き出した。

これには帝国軍も驚いてしまう。

先程の光景を思い出して、帝国群は紫色の煙も何かあるに違いないと急いで距離を取る。

しばらくすると、玉から噴き出していた紫色の煙が止まり、静寂が訪れた。

「なんだ？　ただのこけおどしか？」

恐る恐る近付いた瞬間、兵士達は突然、苦しみだして泡を吹く。

次々と倒れていく兵士達は苦しみに地面をのた打ち回り、痙攣《けいれん》した後に死んだ。その光景を見ていた者達は恐怖に逃げ出すが、もう遅い。

既に兵士達は吸い込んでいるのだ。シャルロットが入手してきた毒を持つ魔物や毒草で作られたルドルフ特製の毒ガスを。即効性のその毒は吸引すれば間違いなく死ぬ。

その場にシャルロットや聖女などの高位の回復魔法使いがいれば解毒して助かるが、残念ながら後方に待機させていた為、誰一人として助からなかった。

「風魔法だ！　風魔法で周囲の空気を吹き飛ばせ！」

先程、玉から噴き出した紫色の煙は、毒だと分かった指揮官が指示を出し、周囲の空気を吹き飛ばしたが、何一つ意味はなかった。

「ふふふ、そうでしょう。そうするでしょう。ですが、もう意味はないのです。既に先程の毒ガスは効果を失いましたからね」

砦の内部から、その様子を眺めていたルドルフは厭《いや》らしそうに笑う。

彼が製作したのは、ほんの数秒しか持たない毒であったのだ。

長時間も空気中に存在したままだと味方が突撃した時、こちらも被害を受けかねないからという理由で作られた兵器である。

「これは本当に戦争なのか……？」

戦慄に震えるベイナードは心境をポツリと漏らしてしまう。

「ベイナード団長。そのような発言は控えた方がよろしいかと」

「ッ……聞かなかったことにしろ」

「ええ。勿論《もちろん》ですとも」

「先程の煙はこちらに被害はないのか？」

「はい。魔法陣を展開した時点で煙を完全に遮断するように結界を張りましたので、こちらには何一つ影響はございませんよ」

くつくつと笑うルドルフを見てベイナードはホッとすると同時に不安を抱く。

（レオルドは後どれだけの策を練っているのだ……）

帝国軍は多くの者が毒に苦しみ死んでいく様を見て、更に怒りの炎を燃やす。

しかし、同時にこれ以上進軍するべきではないと本能が警告していた。

最初の魔法陣、二度目の魔法陣。そのどちらも人の心を抉《えぐ》るには十分すぎるものだった。

まだそのような魔法を王国が隠し持っている可能性がある以上、これ以上の進軍は危険だと帝国軍は判断し、撤退を決める。

「これ以上の進軍は危険だ。一時撤退し、態勢を整え直す」

指揮官の指示に従い、引き返す帝国軍。その様子を見ていたルドルフは口角を上げる。

「ベイナード団長。敵が引き返していきます。最後の仕上げをしましょう」

「まだあるのか？」

「ええ。とはいっても先程までとは違いますがね」

ベイナードはルドルフの言葉が信用できない。

しかし、このまま見逃してしまう事も出来ず、嫌な予感を感じながらもベイナードは最後の魔法陣を発動させた。撤退している帝国軍の足元に魔法陣が広がる。

突然の魔法陣に帝国軍は慌てふためき、

「なっ!? 急いでこの場を離脱！ 総員退避せよ！！！」

並んでいた帝国軍は、地面に突如現れた魔法陣から抜け出そうと走り出す。

バラバラに逃げ出すがレオルド達《たち》の考えた魔法は誰一人逃がすことはない。

地面が割れ、底にはグツグツと煮え滾《たぎ》っている溶岩が顔を覗《のぞ》かせていた。

逃げ出す兵士達は必死に足を動かしたが、地割れから逃れる事は出来ない。

身体強化を施して跳躍するも着地先に地割れが発生し、そのまま吸い込まれるように地の底へと飲まれ、溶岩によって骨一つ残らず溶けていく。

帝国軍の悲痛な叫びが木霊した後、割れた地面は何事もなかったかのように閉じた。

それを見ていた王国軍のほとんどは腰を抜かし、ガクガクと怯《おび》えていた。

「なんなんだ、これ……？　戦争じゃない。もっと恐ろしい何かだ……！」

王国はレオルドの力の一端を知ることとなり、戦慄に震えた。

敵対しようなどと考える事が、どれだけ愚かなのかを多くの者達が、理解する事となった瞬間である。


出撃した軍が文字通り、全滅となった帝国軍本部では緊急会議が行われていた。

「なんなのだ……。一体、アレはなんなのだ!?」

「分からないが、一つ言えるのは……我々が戦っているのは、我々が知る王国ではないと言うことだけだ」

「悪夢と言われても納得出来るぞ……！」

「それよりもどうするのだ!?　陛下にどう報告すればいい！　見たことをそのまま報告しても、納得されないぞ！」

「そのような事を言われても……」

「ああ！　どうすればいいのだ……！」

「今は、陛下にどのような報告をするか悩むよりも王国軍への対処が先ではないかね？」

「そんな事は分かっている。だが、どうしたらいいのだ！　剣と魔法だけしか能がない連中だと思っていたのに、ここまでの魔法を使えるとは情報にはなかったぞ！」

「待て。シャルロット・グリンデが関係しているのでは？　確か、聞いた情報によると彼女はレオルド・ハーヴェストにえらく執心だと」

「ふむ……それならば陛下も納得することだろう！」

帝国軍の上層部は碌《ろく》に調べようともせずに、王国にいるとされているシャルロットのせいだと言う事にしたはいいが、根本的な解決は何も出来ていない。

数の暴力で攻めればいいだけであったのに、その優位性も失われている。

撤退も視野に入れてはいるが、格下である王国相手に尻尾を巻いて逃げたとなれば、皇帝は黙ってはいないだろう。

「だが、どうする？　攻めようにもシャルロット・グリンデが関わっている以上、同じことを繰り返すだけだぞ」

その言葉に誰もが口を閉ざす。攻めることは出来ない。ましてや、撤退など言語道断。

「……あの裏切り者を特攻させるのはどうだろうか？」

「なるほど！　こちらにはゼファーがいましたな！　色々と驚きすぎて忘れていました」

「奴《やつ》は元帝国守護神の一人にして帝国軍最高戦力。今こそ働いてもらう時でしょう」

「そうだ！　今こそ、奴に働いてもらう時だ！　おい、誰かゼファーを呼んで来い！」

怒鳴るように部下へ指示を出し、軍議室にゼファーを呼び出す。

「……僕の任務は？」

呼ばれた理由を察して、ゼファーは単刀直入に自分の役目を訊《き》いた。

「お前の任務はシャルロット・グリンデの注意を引き付けることだ。嫌とは言わせんぞ」

「ふん……。最初から拒否権などないだろうに」

「生意気な口答えをするな！　お前は言われた通り、黙って帝国の為に働くのだ！」

「分かっている。僕はその為にここに来たのだから」

「だったら、さっさと出撃しろ！」

「ご自慢の部隊がやられたからといって八つ当たりは勘弁してほしいね」

「貴様ァ！　そのような態度でいいのか!?　民がどうなってもいいのだな！」

「ッ……！　言っておく。もし、民達に何かしたら、その時は覚悟しておけ」

その言葉を最後に軍議室から出て行き、出撃に向けてゼファーは用意された天幕に戻り、先程の言葉を思い出し、怒りに震える。

（祖国の民達の為に僕は戦う。決して帝国の為ではない！）

かつて、ゼファーの国は帝国に敗北し、支配下に置かれ、奴隷のように扱われていた。

今でこそ、ゼファーが帝国守護神という役職についたおかげで待遇は良くなったが、新皇帝アトムースによって再び窮地に追い込まれてしまう。

民達を守る為《ため》にゼファーは、戦いに身を投じるのであった。


帝国軍を撃退した夜、ベイナードはゼアト砦《とりで》の見張り台で神妙な面持ちで佇《たたず》んでいた。

そして、ベイナードが夜風に当たりながら帝国軍の陣地を眺めていると、バルバロトが見張り台へやってくる。

「来たか」

「呼ばれてきましたが、どのようなご用件でしょうか？」

「お前は昼間のアレを知っていたのか？」

ベイナードの言う昼間のアレとはレオルド達が開発した魔法陣のこと。

当然、バルバロトもすぐに察してベイナードの問いに答える。

「存じておりましたが、詳しいことは何一つ知りません。アレらの開発はレオルド様とルドルフ、そしてシャルロット様のみで行っておりましたので」

「そうか……。なあ、バルバロトよ。お前はレオルドを見てどう思う？」

「見ていて気持ちのいい人です。かつて道を踏み外したことはあれど、今のレオルド様は立派なお人です。それに私のような一介の騎士の為に結婚式まで準備してくれたお方ですからね。あれ程の御仁は他におられないでしょう」

「そうだったな……。すまん。野暮な事を聞いてしまった」

「いえ、構いません。ベイナード団長が不安を抱くのも無理はないでしょう。ですが御安心を。レオルド様は敵対されなければベイナード団長の味方であり続けますよ」

「そうだろうな。あいつはそういう男だ。くくっ、俺も怖気付《おじけづ》いてしまったな。剣を交わした仲だと言うのに情けない話だ……」

「仕方がありませんよ。あんなものを見せられては。でも、我々は知っているではありませんか。レオルド様はいつだって我々の想像を超えていくと」

「ああ、そうだ。そうだったな」

闘技大会で剣を交えたベイナードは思い出す。

レオルドがそのような器の小さな男ではないと。


翌日、四度目の戦いが始まろうかとした時、帝国軍の陣地から単騎で飛び出してくる影が一つ。王国軍の見張り役はその影に気が付いて他の者達に知らせるが、その影の進行速度は尋常ではなく、振り返った時には既に砦に辿《たど》り着いていた。

一体何者なのかと見張り役の騎士が相手の姿を確認すると驚きに目を見開く。

「禍津風《まがつかぜ》のゼファー……っ！！」

大急ぎで報告に向かう見張り役の騎士だが、もう間に合わない。

ゼファーはゆっくりと砦の固く閉ざされている門に手を当てると、得意の風魔法で簡単に吹き飛ばした。

砦の門が破壊された事で王国軍に緊張が走る。敵が攻め込んできたと。

同時に先日の戦いを見ても、まだ帝国軍は攻める気概があったのかと感心していた。

ただ、今はそんな事よりいとも容易《たやす》く砦に侵入してきた敵の対処が優先であると、大急ぎで駆け出した。

多くの騎士達が砦の破壊された門の前に集まり、そこにいた侵入者の姿を見て足が竦《すく》んで動けなくなった。

「君達に用はない。僕が用があるのはシャルロット・グリンデ、ただその一人だけだ。道を開けて貰《もら》おうか」

ゼファーから放たれる圧倒的な威圧感に心臓が凍り付き、冷や汗を流す。

そこにベイナードが現れた。

「まさか、単身で敵地に突っ込んでくるとはな。どういう了見だ？」

「聞いていなかったのかい？　僕はシャルロット・グリンデに用がある。君達に構っている暇はないんだ」

「ほう。そうは言ってもお前は敵だ。禍津風のゼファーよ。はい、そうですかと言って簡単に通すわけにはいかん」

「ふん。僕の侵入を止める事が出来なかった癖に随分と強気な発言じゃないか。王国騎士団長ベイナード・オーガサス」

両者共に尋常ではない殺気を放ち、いつぶつかってもおかしくはない。

周囲で見守っている騎士達は巻き込まれないように、その場をそっと離れた。

腰を低く落としたゼファーが拳を構え、ベイナードが背中に担いでいた大剣を抜くとゼファーに剣先を向けて構える。

両国の最高戦力がぶつかり合うかと思われたその時、両者の間に一人の女性が突如姿を現し、周囲が騒然となる。

「む……貴女《あなた》は!?　どうしてここに？」

いきなり二人の間に現れた女性を見てベイナードが目を丸くして声を上げる。

「どうしてって、そりゃ、まあ、私に用があるって言うから仕方なく？」

「仕方なくって……。いや、そもそもこれは戦争ですよ。貴女は関わらないはずでは？　現に今まで沈黙を貫いていたではありませんか。シャルロット殿」

ベイナードの口から出た名前を聞いて、周囲で固唾《かたず》を呑《の》んで見守っていた騎士達《たち》がどよめく。存在こそ知ってはいたが彼女の姿を見た者は誰もいなかったからだ。

まさか、生きている内に見られるとは露ほどにも思わなかっただろう。

そして、騎士達とは違う意味で驚いている者もいた。ゼファーだ。

彼もシャルロットのことは知ってはいたが彼女の顔までは知らなかった。

だから、いきなり目の前に現れた美女に動揺していた。

だが、ゼファーの目的はシャルロットと戦う事。

すぐにゼファーは落ち着きを取り戻し、失礼のないようにシャルロットへ話しかける。

「貴女がかの高名なシャルロット・グリンデ様で間違いないのでしょうか？」

「ええ、そうよ。私に用があるんでしょ？　さっさと済ませてもらえないかしら。こう見えても私、と～っても忙しいの」

そう答えるが、シャルロットは先程までシェリアとイザベルとハンナの三人にお世話されながら、優雅に朝食を取っていた。たまたま、使い魔を通して戦場を覗《のぞ》いていたら自分に用があるという輩《やから》がいるので、暇潰しにはなるかと思って出てきただけのこと。

つまり、忙しいと言うのは嘘《うそ》であり見栄《みえ》を張っただけである。

「そうですか。では、手短にお伝えしましょう。私と戦っては頂けませんか？」

どよめいていた騎士達が一斉に黙る。相手が誰か分かって言っているのだろうかと、ほとんどの騎士達が同じことを思っていた。

「本気で言っているのかしら？」

「冗談に見えますか？」

「いいえ。貴方《あなた》からは確かに本気の熱意を感じるわ。使い魔を通して見ていたけど嘘じゃなかったのね」

「見ていたのですか。少し恥ずかしいですね」

「まあ、見ていたとしても真意までは分からないのだけどね。それよりも、どうして私と戦いたいのかしら？」

「簡単な話ですよ。それが僕に与えられた任務ですから」

「へ～、任務ね～？　私も随分と舐《な》められたものね」

「貴女を侮っている訳ではありませんよ。ただ、上の者達が貴女がいると怖くて仕方ないみたいで僕に相手をするように命じたんですよ」

「ふ～ん。ようは目障りな私を遠ざけたいわけね～」

「ええ。申し訳ありませんが付き合って貰いますよ！」

シャルロットを前にして、ゼファーは闘志を燃やす。

目を閉じ、しばらく考え込んだシャルロットは目を開き、ゼファーの思いに応える。

「いいわ。相手をしてあげる。でも、ここだと町が壊れるから移動するわね」

そう言ってシャルロットが指を鳴らすと、ゼファーと彼女はゼアトから姿を消した。

唖然《あぜん》とする騎士達であったが、我に返ったベイナードの指示により壊れてしまった砦の門の修復作業を急ぐのであった。


ゼアトから消えた二人は鬱蒼《うっそう》とした森の中に転移していた。

周囲の景色が変わったことに戸惑いを隠せないゼファーに、シャルロットが転移した事を説明する。

「ここはレオルドとよく修行する無人島よ。だから、気にせず戦えるわ」

「驚きました。まさか、転移魔法まで習得していようとは……」

「当たり前でしょ。私は今も成長しているのよ」

その台詞《せりふ》にゼファーは息を呑む。

目の前にいるシャルロットはどれほどの実力を持っているのかと。

一つ言えるのは、ゼファーが想像しているよりも遥《はる》かに上であるということ。

シャルロットの実力を再認識したゼファーは、大きく息を吐いて落ち着きを取り戻した。

「ふう……。では、行きます！」

その場で軽く跳ねたゼファーは真《ま》っ直《す》ぐシャルロットに向かって駆け出す。

「別に声を掛けなくてもいいのだけど?」

風魔法を上手《うま》く利用して常人離れした速度でシャルロットの近くにまで踏み込んだゼファーだったが、障壁によりそれ以上は進めなかった。

シャルロットは常に障壁を自身の周りに張っている。

普段、生活をしている時は六枚重ねだが、戦闘時には倍の十二枚の重ね掛けである。

滅多に破られる事はないが、レオルドやギルバートは二枚破っているので、相応の力があればシャルロットの守りを突破する事は可能だ。

だからと言って、障壁を全て破壊すれば勝てると言うわけでもない。

彼女は瞬時に障壁を張り直せるので、突破することはほぼ不可能に近いからだ。

「障壁か!　なら!」

ゼファーの接近を拒むかのように障壁が張られている。

その障壁を破壊すべく、ゼファーはバッと片手を向けて渾身《こんしん》の風魔法を放った。

パリンッと音を立てて、一枚目の障壁が砕け散る。

シャルロットの障壁を破壊したゼファーは、自分の力が通用するのだと笑みを零《こぼ》す。

対して、シャルロットの方は特に焦る事もなく涼しげな表情である。

たかが、障壁を一枚破壊された程度で彼女が焦る事はない。

その事に気が付いたゼファーは眉間に皺《しわ》を寄せるが、シャルロットが世界最強の魔法使いだと言う事を十二分に理解しているので、すぐに思考を切り替えた。

「だったら、これで！！」

一旦距離を取り、離れた場所からゼファーが、先程の魔法よりも強力な魔法を放つ。

まともに受ければ障壁の一枚や二枚は簡単に貫くだろう。

風の砲弾が木々をなぎ倒し、地面を抉《えぐ》りながらシャルロットに襲い掛かる。

シャルロットは避ける素振りも見せず、ただ悠然と立ったまま、風の砲弾を見据える。

その様子を目にしたゼファーは侮っているのかと僅かに苛立《いらだ》つ。

ゼファーの思っている通り、シャルロットは侮っているのだ。

避けるまでもない。障壁が全て破られないと絶対の自信を持っている。

ゼファーが放った風の砲弾とシャルロットの障壁がぶつかる。

その衝撃で周囲の木々や地面は吹き飛び、ゼファーの放った魔法が恐るべき威力を誇っている事を知らしめたが、シャルロットに傷一つ負わせることは出来なかった。

十二枚張られている障壁の内、四枚は破壊した。これは普通に自慢出来るレベルだ。

なにせ、シャルロットが展開した障壁は並大抵の魔法使いでは破壊すら出来ない。

それをたったの一撃で四枚も破壊したのだから、ゼファーは思う存分誇ってもいい。

「……さすがですね」

「まあね。でも、貴方もやるじゃない。私の障壁を一度に四枚も壊すなんて中々出来る事じゃないわよ」

「それは……喜んでいいのか、悔しがればいいのか、分かりませんね」

「喜べばいいわ。だって、そこら辺にいる魔法使いじゃ絶対に壊せないから」

「……それはまあ、なんというか複雑な気持ちになりますね」

「そう？　レオルドも一撃じゃ三枚くらいが限界だったし、十分すごいんだけどね」

比較対象にレオルドの名前を出してもゼファーにはいまいちピンと来ない。

ゼファーが持っているレオルドの情報は古いので凄《すご》さをあまり理解できないから。

「ま、いいわ。それより、まだ続けるのかしら？」

「当然！」

一度や二度、魔法が防がれた程度でゼファーが諦める事はない。

ゼファーが諦める時は全てを出し尽くした時だ。

「はあああああっ！！！」

気合を入れるように声を張り上げながらゼファーが魔力を高める。

シャルロットは止める様子もなく、ただ楽しむように見ているだけだった。

「さて、次はどんな魔法で来るのかしら？」

楽しげな声で微笑《ほほえ》むシャルロットは今も魔力を高めているゼファーを見詰める。

「吹き荒れろ、嵐の剣《テンペストグラフォス》！」

多くの魔力を注ぎ込み、ゼファーは大魔法を発動させる。

シャルロットは全方位を埋め尽くす風の檻《おり》に閉じ込められてしまい、逃げ場を失う。

球状になった風の檻に閉じ込められているシャルロットに向かって、ゼファーは風で出来た八つの剣を自在に操り、閉じ込められている彼女ごと檻を八つ裂きにした。

何度も何度も風の剣を振るい、しつこいくらいにゼファーは攻撃の手を止めなかった。

これだけ切り刻めば、流石《さすが》のシャルロットも無事では済まないだろうとゼファーは手を緩めた次の瞬間、風の檻が毛糸玉を解くように消えた。

風の檻が消え去り、中に閉じ込められていたシャルロットがまるで女神が舞い降りたかのように髪を靡《なび》かせながら、姿を現した。

神秘的な光景にゼファーは息を呑み、胸を高鳴らせるものの無傷という事実に気付く。

先程の魔法には自信があっただけにゼファーは悔しさを噛《か》み締める。

「無傷……っ！」

「いい魔法ね。風で逃げ道をなくして、風の剣で敵を切り刻む。悪くはなかったわ」

褒められてはいるがゼファーは複雑そうな表情を浮かべる。

自慢の魔法を褒められるのは気分がいいが、まるで提供した料理を品定めされたかのように言われるのだから、ゼファーの心境は複雑なものであった。

これでシャルロットに少しでもダメージがあれば話は違ったかもしれない。

「ふっ……これが世界最強の魔法使い。今のは自信があったんですけどね」

精一杯の強がりを見せるゼファーは前髪をかき上げる。

「大丈夫。私には効かなかったけど、十分強いわ」

悪意のないシャルロットの物言いにゼファーは頬が引き攣《つ》るのを隠せなかった。

ゼファーはなんとか冷静に努めようと、心を落ち着かせる。

「さあ、次はどんな魔法を見せてくれるのかしら？」

ゼファーが冷静になろうとしているのにシャルロットは気が付かず、神経を逆なでるような事を口走る。世界最強ゆえの余裕からくる態度であろう。

ゼファーは怒るのも馬鹿らしくなり、代わりに笑いがこみあげそうになっていた。

（ははは。まるで母親が赤子の一挙一動に喜んでいるようだ。まあ、それもそうか。僕の魔法は今のところ彼女にとっては児戯に等しいんだろう）

実際、シャルロットの方はじゃれついてくる子猫の相手をしているかのように楽しんでおり、次はどのような事をしてくれるのだろうかと待ちわびている。

元々、暇つぶしにはなるだろうと思っていたが、これは中々に楽しいとシャルロットは大いにはしゃいでいた。

ゼファーはシャルロットを楽しませるように手を掲げ、魔法を唱える。

「切り裂け、嵐の鎌《オラージュファルクス》！」

掲げた手の平に風を収束させてゼファーは大きな鎌を作り上げた。

風の鎌を持ったゼファーは、シャルロットに向かって、力強く踏み込み鎌を振りぬく。

風で作られた鎌は変幻自在で離れていようとも柄を伸ばせば敵に当たる。

その場合、多少の魔力は持っていかれるがゼファーからすれば微々たるもの。

目一杯風の鎌を伸ばして、木々を切り裂き、シャルロットもろとも切り裂く。

しかし、シャルロットに当たるかと思われた瞬間、障壁に防がれた。

「まだだあああっ！」

障壁に受け止められようとも、その障壁ごと切り裂いてやればいいだけだとゼファーは力を込める。

奥歯が砕けそうになるほど噛み締め、腰を捻《ひね》って大きく鎌を振りぬいた。

だが、結果は無残なものに終わる。

ゼファーが渾身の力で振りぬいた風の鎌は、シャルロットの障壁の前に消え去った。

「う～ん。惜しいわね。その魔法は遠くからじゃなくて、もっと近くで使用していれば五枚は行けたと思うわよ？」

「……そうですか。では、アドバイス通りに！」

ゼファーはシャルロットの助言を聞いて早速行動に移す。

風魔法で高速移動し、シャルロットの懐に侵入。いつの間にか形成していた風の剣で果敵に接近戦を挑む。

「おおおおおッ！」

「素直に助言を聞き入れるのは美徳だけど、私が転移魔法を使えることを忘れていないかしら？　そういう大事な事を忘れるのは良くないわね～」

「なっ……!?」

勢いよく風の剣を振りぬいたゼファーの背後に、シャルロットが転移魔法を使って移動していた。

突然、目の前から消えて背後に姿を現したシャルロットに、驚いたゼファーは後方へ飛び退《の》き、距離を取った。

（これは……勝てそうにありませんね。ふっ……威勢よく啖呵《たんか》を切った結果がこの有様とは……。それでも一度くらいは！！！）

一度。せめて一度でいいから一泡吹かせてやりたいとゼファーは決意する。

自身の持つすべてを出し切り、精根尽き果てようとも構わない。ゼファーは覚悟を決めて詠唱を始める。

本来なら戦っている最中に詠唱を唱えるなど自殺行為に等しいが、相手はシャルロットであり、圧倒的な存在。

ゼファーが詠唱を唱え始めようがシャルロットは歯牙にもかけない。

たとえ、どれほどの魔法を撃って来ようとも防ぐ絶対の自信があるからだ。
短い間ではあるが、戦いの最中にゼファーは彼女の性格を理解し、逆手に取ったのだ。
「風よ、吹き荒れろ。
この空に暴威を振るいたまえ。
天地鳴動せし刻《とき》、その咆哮《ほうこう》は世界に轟《とどろ》かん。
天よ！　世界よ！
大いなる嵐となりて万象等しく終焉《しゅうえん》へと導くがいい！！！」
島の上空に分厚い雲が集まり、天候は曇天へ変わる。
そして、ゼファーの詠唱が完了し、何本もの竜巻が発生し、暴風が吹き荒れる。
まさしく、この世の終焉のような光景であった。

「これが僕の全力だ！　終局の神颪《ウルティム・テンペスト》！」

無人島を囲むように発生していた竜巻は収束して一つとなり、未曽有の大災害となってシャルロットへ襲い掛かる。
「いいわ！　貴方《あなた》、すごくいいわ！　久しぶりに胸が高鳴っちゃった！　だから、これはお礼よ。天元閃嵐《ウラヌスアセーファ》」

新しいおもちゃを与えられた幼子のようにはしゃぐシャルロットは、ゼファーが見せた魔法のお礼として自身の魔法を見せる。

それは圧倒的に、神々しく、そして残酷なほどに。

ゼファーが詠唱を唱えてまで発動させた終局の神颪は、シャルロットが詠唱破棄で発動させた天元閃嵐によってかき消される。

巨大な竜巻はたった一瞬で消えてしまった。

「は……はっ……ははは。僕の最強の魔法は彼女にとってただの見世物だったか……」

もう全部を出し切ったと、ゼファーはその場に大の字に転がる。

まだ動けはするが心が完全に折れてしまい、戦う気力を失っていた。

「はあ～……。負けてしまったか。だが、任務は達成した」

当初の目的は達成した。シャルロットを引き付けておくという任務は既に完了している。

とはいえ、敗北したゼファーを帝国は許さないだろう。

生きて帰ったとしても敗北した事を責められ、死刑もあり得る。

しかし、帝国にいる民の事を思えば戻らなければならない。

死ぬかもしれないが、せめて民達《たち》が平穏に暮らせるよう皇帝に懇願しようとゼファーは決めるものの、まずは生き残らなければならなかった。

今、ゼファーの生殺与奪はシャルロットが握っているのだから。

「非常に情けない話ですが、見逃しては貰《もら》えないでしょうか？」

ゼファーは寝転がったままの状態で命乞いを始めた。

「別にいいわよ」

肩を竦《すく》め、あっけらかんと言うシャルロットに、ゼファーはうろたえる。

「え、あ、いや、自分から言い出しておいて何ですが、いいのですか？」

「構わないわよ。そもそも殺すつもりだったら、最初からそうしてるわ」

「そう言われると確かに……」

「でしょ？　でも、今回は楽しませて貰ったから見逃してあげる」

「寛大な御心《みこころ》に最大限の感謝を」

大の字に寝転がっていたゼファーはヨロヨロと立ち上がり、震える膝に鞭《むち》を打ち、地面に頭を擦《こす》りつけて、シャルロットに土下座をした。

その姿を見てシャルロットは呆《あき》れるように息を吐いたが、ゼファーの謝罪を受け入れた。

「いつでも再挑戦待ってるわね」

そう言い残してシャルロットはゼファーの前から転移して消える。

「連れて帰って貰えば良かった……。まあいいか。一度、帝国に戻って皆の所に行こう」

一人残されたゼファーは雲一つなくなった空を見ながら目を閉じるのであった。

ゼファーとシャルロットが一騎打ちを行っていた頃、ゼアトでは破壊された砦《とりで》の門の修理作業に騎士達は追われていた。

土魔法を使ってバリケードを作ってはいるが大した防衛機能はない。あるだけマシといったレベルのハリボテである。

「急いで門を修理しろ。門が破壊されたことは既に帝国軍にも伝わっているはずだ。これを機に攻めてくるかもしれない」

ベイナードの指示のもと、騎士達は門の修理を急ぐ。

その一方、帝国軍はゼファーが単独で出撃して門を破壊して砦内部に侵入した事を知る。

偵察部隊からの報告を受けた上層部は、これ幸いにと出撃命令を下した。

先日の魔法があるのではという声も上がったが、そう何度も使えるような魔法ではないと推測して、渋る兵士達を無理矢理出撃させたのだ。

当然、帝国軍が進軍すれば王国軍も動き出す。

偵察を行っていた騎士は帝国軍が進軍を開始した事をベイナードへと報告する。

ベイナードは門の修理を急がせるも、帝国軍の進軍速度は今までの比ではない。

帝国軍もゼファーが切り開いてくれた絶好の機会を逃すまいと必死になっていた。

前回の魔法も警戒しているので使われる前に、砦に押し入ろうとしているから自然と速度が上がっている。

「ちっ！　ルドルフを呼べ！　聞きたい事があると伝えろ！」

門の修理が間に合わないと判断したベイナードは忌々しそうに舌打ちをする。

ゼファーという強大な戦力がいなくなったのは嬉《うれ》しい誤算だが、門を破壊されたのは手痛いものであった。

しばらくすると、騎士に連れられてルドルフがベイナードのもとへやってくる。

無理矢理連れて来られたせいでルドルフは息を切らしており、今にも倒れてしまいそうで真っ青な顔をしている。

「大丈夫か？　喋《しゃべ》れるか？　ルドルフ」

「しょ、少々、お待ち頂けたら……」

ゼエ、ハアと荒い呼吸を繰り返しているルドルフの息が整ったのは、五分ほど経過してからであった。

「ふう、ふう……。お待たせしました。私に何かご要件があると伺ったのですが、なんでございましょう？」

「ああ、その事なんだが、先日使った魔法は使えるか？」

ベイナードは門の修理が間に合いそうにないので、先日の魔法をもう一度使うことを決めており、ルドルフに使えるかを確認する。

「先日の魔法は魔力の充填がされてませんので使うことは出来ません。ご期待に沿えず申し訳ございません」

「では、どれだけの魔力があれば使うことが出来る？」

「レオルド様が魔力共有を行って、莫大《ばくだい》な魔力を要したので恐らくは魔法使い数千人分は必要かと」

「なっ……、魔法使い数千人分の魔力だと……！」

「まあ、レオルド様お一人でも規格外の魔力を持っておりますし、そこにゼアトの住民分の魔力を共有しておりますのでそれくらいだと思うのですが」

「そうか……」

ベイナードは、今現在王国軍に所属する魔法使いの数を反芻《はんすう》し、苦虫を噛《か》み潰したような顔をする。

魔法使いは騎士に比べて数が少ない。つまり、圧倒的に不足している。

数千人分など、当然足りるはずもない。

どうするかと悩んだベイナードだったが、答えは決まった。

「至急、王都に残っている魔法使いを呼び寄せ、一つだけでもいいから魔法陣を再起動させる。そうすれば門が破壊されていようとも帝国軍はこちらに手を出せまい」

最も有効であろう手段をとるべく、ベイナードは魔法使いに招集をかけようとしたら、ルドルフが待ったを掛ける。

「ベイナード団長。少しよろしいですか？」

「なんだ？　急ぐ必要があるんだが？」

「お困りのようですから、打開策を一つ提示しようかと思いまして」

また碌《ろく》でもない事になるのではと考えてしまうベイナードだったが、先日の一件で学んだことがある。頼りになるのは間違いない。

「聞こうか」

「では――」

ベイナードとルドルフが作戦会議を始めた時、帝国軍の方ではやはり先日の魔法が襲ってこない事に安堵《あんど》していた。

それと同時に上層部の予想は正しかったのだと証明されてしまった。

「指揮官。砦前に土の壁が現れたとの報告です」

副官からの報告を受けた指揮官は命令を下した。

「砲撃部隊を先行させて土の壁を破壊。その後、歩兵部隊を突撃させて砦内部に侵入する。すでに門はゼファーによって破壊済みである。楽な仕事と言いたい所だが、今の王国には何があるか分からない。警戒を怠らないように進軍せよ」

指揮官の言葉を受けて帝国軍は進む。

散っていった同胞達の為《ため》にもこの戦いに勝利して見せると意気込んでいる。

必ずや、憎き王国軍に正義の鉄槌《てっつい》を下すのだと、帝国軍の士気は高まっていた。

意気揚々と帝国軍は進軍し、ゼアト砦の前にまでやってくる。

報告どおり土の壁が砦に入ろうとする不埒《ふらち》な輩《やから》を拒んでいるが、帝国が持つ武器の前では何の役にも立たない。砲撃部隊が大砲を撃ち、土の壁を簡単に破壊する。

ガラガラと音を立てて壁が崩れ去り、視界を塞ぐほどの土煙が舞い上がる。

その様子を後方から確認していた指揮官は、勝利を確信して微笑《ほほえ》みを浮かべた。

「ふふっ。大方門の修理が間に合わず急いで魔法使いに土の壁を作らせたのだろうが、何の意味もない。今頃、王国軍は慌てふためいていることだ――」

見応えのある蹂躙《じゅうりん》になりそうだと確信していた指揮官であったが、すぐにその考えは吹き飛ぶ事になった。指揮官の頭が物理的に上半身と一緒に吹き飛び、一瞬で絶命したのである。

「……は？」

側《そば》に控えていた副官は目を何度も見開き、噴水のように血を噴いている指揮官の死体を唖然《あぜん》とした目で見詰める。

そして、ようやく事態を理解した副官は大慌てでゼアト砦に顔を向ける。

土煙が邪魔で見えなかったが、やがて土煙が晴れると、そこには見たこともない兵器がずらりと並んでいた。

「アレはなんだ？　アレは一体なんなんだ……っ！」

未知なる物に恐怖で声を震わせる副官をよそに、その兵器は動き出した。

未知の兵器の登場に帝国軍は恐怖に足が竦み、鉛のように動かなくなっていた。

時は少し遡り、帝国軍が進軍を開始する前ベイナードは、ルドルフからレオルドと共同で開発した新兵器を実戦に投入するという作戦を立案された。

「ベイナード団長。実はレオルド様と共同で開発していた新兵器がございまして、そちらならすぐにでも戦場に投入出来るのですが、如何《いかが》でしょうか？」

「それはどういうものなんだ？」

「まあ、口で説明するよりも見て頂いた方が早いかと」

そう言ってルドルフはベイナードを連れて、砦の外にあるマルコ達技術者がいる施設へと案内。

そこには忙しく動き回っている技術者と指示を出しているマルコがいた。

一体、何をしているのだろうかとベイナードが不思議に思っていた時、二人の来訪に気が付いたマルコが近付いて来る。

「あれ、ルドルフじゃないか？　戦争に呼ばれたんじゃなかったのか？」

「ええ。そうです」

「だったら、なんでここに？　ていうか、そちらのお方は？」

「私がここに来た理由は少々ゼアトが危なくなりましてね。開発中のアレを実戦投入してみようかと思いまして。それから、こちらのお方は王国軍の総大将であられるベイナード騎士団長ですよ」

「ええ!?　し、失礼しました。オイラの、いや、私の名前はマルコと申します！　レオルド様のもとで兵器開発をやらせていただいております。よろしくお願いします！」

知らなかったとは言え、マルコはベイナードに失礼な態度を取ったかもしれないと慌てて自己紹介をした。

そんなマルコを見てベイナードは特に怒る事もなく、ルドルフが言っていたアレとやらが気になって尋ねる。

「構わない。俺はそういうのを気にしないからな。それよりも、ルドルフが言っているアレとはなんなのだ？」

「そ、そうですか。よかった。オイラ、堅苦しいのは苦手で。へへっ」

後頭部をかきながらニヘラと笑ったマルコは、ベイナードの質問に答える。

「えーっと、さっきルドルフが言っていたのは多脚式移動砲台のことですね」

「多脚式移動砲台？　それは一体どんなものなんだ？」

「一応、形としては完成しているから見に行きます？」

そう言われてベイナードとルドルフは首を縦に振る。

マルコはベイナードとルドルフの二人を連れて施設の奥へ向かう。

すると、そこには蜘蛛《くも》のような八本足の上に砲台が乗っている不思議なものがあった。

それを見たベイナードは首を傾《かし》げて、これは一体なんなのかとマルコに顔を向ける。

「これが多脚式移動砲台です。製作方法は機密事項なんでお答え出来ないですけど、材料なんかは特に秘密でもないいんで教えますけど、どうします？」

「いや、別に材料には興味がない。これがどういうものなのかを教えてくれ」

どう説明しようかとマルコが考えた時、今まで付いてくるだけで何も喋らなかったルドルフが、満を持したように口を開いた。

「そこから先は私が答えましょう。こちらの多脚式移動砲台は元々レオルド様が発案された『戦車』というものが元となっており、それを私とレオルド様で改良した結果がこちらの多脚式移動砲台です」

ルドルフはジェスチャーを加えながら、ベイナードに説明をしていく。

「まあ、見ての通り動く砲台だと考えていただければ結構です。ただ操縦しなければならないので訓練を受けた操縦士が必要ですね。そちらはここの人間が出来ますので御安心ください。いつでも出撃は可能ですよ」

「……あー、大体分かった。お前はこれを実戦に投入したいわけだな？」

「はい！　動作確認までは出来ておりますが実戦でのデータは取れておりませんので」

ベイナードは頭が痛くなってきて、手でこめかみを押さえた。

まさか、戦争を丁度よい実験の場にしようとする輩がいるとは思いもしなかったと、ベイナードはこめかみを揉《も》みながら話を再開する。

「一応聞いておくが、先日の魔法とこちらの多脚式移動砲台はどちらが危険だ？」

「え？　まあ、こちらではないでしょうか？　動力源に魔力は必要ですが魔力の少ない一般人でも訓練を受ければ動かせますし」

手で目を覆いながらベイナードは天を仰いだ。

（訓練さえ受ければ一般人も使用可能な兵器か……。流石《さすが》としか言いようがないな）

ルドルフの話を聞く限りでは、一般人でさえも訓練を受ければ動かす事が出来る兵器。

そんなものが量産されればどうなるかなど容易に想像出来るだろう。

戦争の歴史が変わるのは間違いない。

帝国が開発した魔道銃も画期的で戦争の歴史を大きく変えたが、この多脚式移動砲台はそれ以上かもしれない。

実戦は初となる。だが迷っている暇などない。

ベイナードはどのような結末になろうとも、ゼアトを死守しなければならない。

ならば、やることは一つ。多脚式移動砲台の出撃許可を出すことだ。

「ルドルフ。用意出来る多脚式移動砲台を全て出せ」

「仰せのままに！」

深々と礼儀正しく頭を下げるルドルフの顔は満面の笑みに満ちていた。

ベイナードは見ていなかったが、マルコはばっちりと見ており、不安な気持ちを抱く。

（あー、アレは深夜テンションのレオルド様に似ているな～）

そのような事を思いながらもマルコは止める事をしなかった。

こういう時の人間は下手に止めるよりも、好きなようにやらせるのが一番だからだ。

ベイナードの指示によりマルコは、完成している二十機もの多脚式移動砲台を運び出した。

帝国軍がすぐ側まで迫っているという知らせを受けて王国軍は大忙しである。

ガシャンガシャンと音を鳴らし、ゼアト砦《とりで》に向かって行進する多脚式移動砲台は異質な光景であった。

過去に目にしたことがあるためか、ゼアトに駐屯している騎士は特に驚く事はなかったが、王都からゼアトの防衛で派遣された騎士達《たち》は大層驚き、ガヤガヤと騒いでいる。

「ま、魔物か!?」

「何だ、アレは！」

「アラクネの新種ではないのか!?」

多脚式移動砲台はルドルフの案により、アラクネという魔物がモデルとなっている。

アラクネは、エロゲゆえに見た目は蜘蛛の上半身に裸の美しい女性となっており、その強さは魔物の中でも上位に位置する。

魔法を行使するのに加え、デバフをばらまいてくる厄介な魔物だ。

そのアラクネにそっくりな見た目の多脚式移動砲台が、列を成して砦に向かっているのだから驚くのも無理はないだろう。

そんな中、多脚式移動砲台の配置が完了する。

砦の外に出て横一直線に並び、土の壁で隠れるように配置されている。

後は帝国軍によって土の壁が破壊されるまでは待機である。

その様子を見ていたルドルフは満足げに頷《うなず》いていた。

ルドルフの隣にいるベイナードは、腕を組んだまま険しい表情を浮かべて黙っていた。

（完成はしていたと言っていたが、果たして帝国軍相手にどれだけ戦えるか。数は二十機。はっきり言えば勝ち目などないだろうが……）

チラリとベイナードはルドルフを覗《のぞ》き見る。そこには今か今かと子供のように待ち侘《わ》びて、キラキラとした眼差《まなざ》しのルドルフがいた。

早くどのような結果になるのか見たくて堪《たま》らない様子だ。

ベイナードはそんなルドルフを見て、複雑な思いを抱く。

(この様子ならば先日と同じような結果にはなるだろうが……心配だ。一体どれほどの力を秘めているのだろう)

安心感と同時に不安感を抱くベイナード。

願わくば先日のように味方すらも戦意を失《な》くすようなものでは無いようにと、祈るばかりであった。

そしてついに、王国の魔法使い達が門の代わりに作った土の壁が破壊される。

壁が崩れ去り砂煙で視界が塞がれてしまい、戦場を確認出来ない。

どうなっているのかを確認する為に風魔法で土煙を振り払ってもいいのだが、そうすると帝国の持つ魔道銃の的にされてしまう。

土煙が自然に収まるのを待つしかないと思われたが、土煙が少しだけ晴れた所に多脚式移動砲台に乗っていたマルコが、照準を合わせて発射ボタンを押した。

砲身の内側が青白く光ると、閃光《せんこう》が帝国軍兵士達の頭上を駆け抜けて、後方に控えていた指揮官の頭を上半身ごとぶち抜いた。

それを確認したマルコはガッツポーズを見せ、概《おおむ》ね予想通りの結果にルドルフは年甲斐《としがい》もなく大はしゃぎしている。

「素晴らしい！　レオルド様より教えていただいた電磁砲《レールガン》の威力！　実に実に素晴らしい！　これは世界を塗り替える！　最早《もはや》、帝国など敵ではない！」

電磁砲。よくアニメや漫画に出てくるお馴染《なじ》みのものだ。

以前、ルドルフはレオルドに何かしら役立つ知識はないのかと乞うた時、電磁砲を教えてもらった。

ただレオルドも詳しい原理を知らなかったので、簡単に理科の実験を行ってルドルフに教えたのだ。

その際、シャルロットも参加していたのは言うまでもない。

はしゃいでいるルドルフの横では、ベイナードが大きく口を広げて目を見開いていた。

「……っ!?」

マルコは騎士でもなければ魔法使いでもない。ただの技術者だ。

つまり、戦う力は皆無と言ってもいい。

そのマルコが多脚式移動砲台に乗っただけで、いとも簡単に後方に控えていた帝国軍の指揮官を倒してしまった。

ルドルフの言うとおりである。最早、帝国軍など敵ではない。

たったの二十機と言ったが訂正しよう。

二十機もあるのだ。目にも止まらぬ速さで砲弾を撃つ事の出来る兵器が。

これは本当に歴史を塗り替え、世界を驚愕《きょうがく》させることになる。

そう確信したベイナードは遠く帝都にいるであろうレオルドに向かって一言述べる。

「レオルド。お前は本当に凄《すご》い奴《やつ》だ……」

それと同時にこれだけの偉業とも呼べる事を成し遂げたレオルドを、どのように陛下に報告しようかと、ベイナードはまた頭を悩ませるのであった。


時は戻り、いきなり指揮官が死亡してしまい、慌てふためいていた帝国軍は別の指揮官がすぐに指示を出し騒いでいた兵士達を黙らせる。

防御する暇もなくいきなり光が飛んできたと思ったら、指揮官の上半身が吹き飛んでおり、兵士達は動揺を隠せていない。

もしも、あの光が自分達に向けられたらと思うと恐怖に足が竦《すく》み、前に踏み出せない。

先に進もうとしていたはずなのに、今では本能からか足が後退《あとずさ》りを始めていた。

出撃前は勇ましく仇《かたき》を討つと意気込んでいたが、これ以上の進軍はもう無理である。

いくら数で勝っていようとも、未知の兵器、未知の魔法の前では数など無意味に過ぎないと理解した兵士達は逃げ出したい気持ちで一杯だった。

それに加えて最高戦力であるゼファーが今になっても姿を現さない。

それはすなわちゼファーが敗北したと言う証拠。

これ以上の戦いは双方にとって、いや、帝国にとっては損害しかない。

ならば、ここで白旗を揚げるのは当然の事だろう。


王国軍対帝国軍。

ゼアト砦を舞台にした戦いは、王国軍の勝利という結果となった。だがその結果にルドルフは不満げであった。

もっと多脚式移動砲台の実戦データが欲しかったからだ。

たった一度の砲撃で戦意を喪失し白旗を揚げるなんて思いもよらなかった。

しかし電磁砲の一撃はいわばダメ押し。怒りに湧いていた帝国軍兵士ではあるが、その実、とうに限界を迎えていたのである。

結果だけを見れば王国の損害は小さい。

一部の将官が暴走して犠牲を出したが、それを除けば王国の被害などほとんどないようなもの。対して帝国はどうだ。大軍勢を率いていたのに、多くの犠牲者を出し、最終的にはほとんどが捕虜となった。

司令部の方はベイナードが自ら出撃して一人も逃がさず幹部達を取り押さえた。

余談であるが、帝国軍司令部の方では王国の最高戦力であるベイナードが陣地に向かって来ていると知らされ、失禁するほど取り乱していたそうだ。

守備を固めようにも大半が捕虜となっており、残った部隊だけではベイナードを抑えることが出来ずに呆気《あっけ》なく取り押さえられるという結末だった。

「つまらん……。などと言うのはさすがに憚《はばか》られるか」

今回の戦争は良くも悪くもベイナードにとっては衝撃的な事が多すぎた。

今までであれば、主に剣と魔法による戦い方だった。

しかし、今回は砦の内部から魔法陣を起動させ、帝国のように科学兵器を用いた。それは王国の歴史を覆す戦いであった。

勿論《もちろん》、悪いとは言わない。

負ければ死ぬか隷属させられるかの二択であったからだ。

禍根を残さない為《ため》には皆殺しすらも有り得た。

果たしてこれが正しかったのかと問われればベイナードは明確に答えることは出来ない。

それでも勝ったのは王国だ。ならば何も恥じる事はない。

胸を張って戦勝報告を王都に届ければいい。

そうすれば民衆は王国軍を称《たた》え、貴族達は大いに喜ぶであろう。

「はあ……。戦後処理か」

勝利して終わりではない。これから後始末をしなければならない。

具体的には捕虜の扱いに帝国への損害賠償の請求だ。

幹部達の多くが貴族なので身代金を要求する事になる。

その辺りに関してはベイナードではなく文官の仕事である。

では、何故《なぜ》ベイナードが溜息《ためいき》を吐《つ》いているかと言えば、今回の戦争で亡くなった騎士の遺族への対応についてだ。

今回の戦争で圧勝はしたが、一部の貴族の暴走により少なくない犠牲者を出してしまった。

責任はその貴族にあるのだが、軍の最高責任者としてベイナードは亡くなった騎士の遺族へ誠意を示さなければならない。もちろん、面倒だとは思っていない。

ベイナードは騎士団長として、これまで多くの騎士を看取《みと》ってきた。

魔物の討伐任務で何人もの騎士が亡くなっていくのをベイナードは経験している。

だからこそ、残された遺族への報告が一番辛《つら》い。

まだ若い騎士が志半ばで散っていった事を遺族に報告するのは、何度経験しようとも慣れるものではない。

時には責められることだってある。

どうして、助けてくれなかったのだと。

どうして、守ってくれなかったのだと。

理不尽であるが、大切な人を失い感情を制御出来る人間などいやしない。

それゆえに行き場の無い怒りを別の何かに向けるのだ。

それが全くの無関係な人間であっても。

「……少なくともあの時、俺がもう少し強く言っておけば」

たら、ればの話をしても無駄である。

既に起こった事を変えることなど誰にも出来はしない。


ベイナードが戦後処理に追われそうになる中、屋敷で寛《くつろ》いでいたシャルロットはゼアト砦《とりで》の戦いが終わった事に気付いていた。

「ふ~ん。まあ、当然と言えば当然の結果ね。むしろ、あれだけの用意があって負けるのなら帝国には一生勝てないけどね。ただレオルドは不憫《ふびん》ね。ゼアトに残っていれば勝ちは決まっていたのに……。ままならないものね~」

優雅に紅茶を飲んでいるシャルロットは今頃、帝都で戦っているであろうレオルドの事を思いクスリと笑った。

すぐ側《そば》に控えていたイザベルが空になったカップに紅茶を注ぎ、先程の言葉が気になってシャルロットへ質問する。

「シャルロット様は遥《はる》か遠方の地まで見通すことが出来るのですか？」

「ええ。まあ、使い魔を通してね。でも、あんまり離れすぎると分からないんだけどね」

言葉通り、シャルロットは遠くの出来事を使い魔を通して知ることが出来るが、距離が離れすぎると分からない。

実際、レオルドが転移魔法を復活させた時も、レオルドの名前や居場所までは特定出来たが顔までは特定できなかった。

もう少し近くにいたならば、その顔も特定できていただろう。

「では、レオルド様が今どうなっているかを知ることは出来るのですか？」

「ここから帝都まで遠いから難しいわね～。まあ、その気になれば出来るけど」

つまり、今のシャルロットは片手間に戦争の様子を見ていたということだ。

その事実に気が付いたイザベルは戦慄するものの、今更であるので驚く事もなかった。

「なるほど。では、見ようと思えば見れるわけですね」

「まあ、そうね。もしかして、知りたいの？」

「いえ、特に心配はしておりません。ただ……」

「ただ？」

「姫様が知ったら聞いてきそうだなと思いまして」

「ああ、確かに。あの子なら飛びついて来そうよね」

シルヴィアの反応を想像した二人はクスクスと笑い合う。

それは間違いないだろう。

レオルドが死地に向かうと知って、居ても立ってもも居られずに王家直属の諜報員《ちょうほういん》を貸し与えたりするくらいなのだから、シルヴィアが飛びついても何ら不思議ではない。

そしてそのシルヴィアに今――危機が迫ろうとしていた。


ゼアトで防衛戦が終わった頃、夜の王都ではシルヴィアがレオルドの無事を祈っていた。

自室のバルコニーから空を見上げ、遠く離れたレオルドの事を想《おも》いながら両手を組んで月を見詰めていた。

シルヴィアがレオルドの無事を祈っている時、彼女に魔の手が忍び寄った。

皇帝が差し向けた暗殺者《アサシン》がシルヴィアにゆっくりと忍び寄り、その命を刈り取ろうと、懐に忍ばせていた短剣を取り出した。

祈りを捧《ささ》げているシルヴィアの背後から暗殺者は静かに凶刃を振り下ろし――

「そうはさせないよ」

しかし、その凶刃がシルヴィアに届く事はなかった。

シルヴィアを突き刺そうとしていた暗殺者の前にとある男が立ちはだかったのだ。

暗殺者は目の前に立つ男を見て驚愕に声を漏らす。

「リヒトー・ラインバッハ!!　どうしてお前がここに!?」

驚きの声を上げている暗殺者はリヒトーが本来ならここにはいない事を知っていた。

リヒトーが国王の懐刀であり護衛だと言う事を事前に調べていたのだから。

ならば、何故ここにいるのかというと、話はレオルドが帝都へと潜入する前にまで遡る。


帝都へ出発する前、レオルドは国王にある提案を持ちかけていた。

「陛下。戦時中はリヒトー殿をシルヴィア殿下につけて頂きたいのです」

「なぜだ？　シルヴィアにもレベッカという近衛騎士《このえきし》が常に護衛でついているぞ？」

「それでは足りないかもしれません。帝国もシルヴィア殿下のスキルについては調べているでしょう。そして、殿下を亡き者にしようと刺客を送り込んでくるに違いありません。ですから、警護は強化するべきです」

「ふむ。確かにお前の言う通りではあるが、レベッカも近衛騎士に選ばれる実力の持ち主だ。そう易々《やすやす》と負けることはない」

「陛下。帝国には我々が知らない古代の遺物があるのはご存知でしょう」

国王も帝国の宝物庫に古代の遺物が保管されている事を知っており、頷《うなず》いた。

「もしも、その中に暗殺に適した遺物があれば、いかに近衛騎士と言えども後れをとってしまうやもしれません」

「その可能性はあるが、そこまでする必要が帝国にはあるか？　それにシルヴィアのスキルは有用性が高い。殺す必要などないはずだ。少なくとも私なら生かして利用するぞ」

「それはそうなのですが、考えてみてください。現皇帝からすればシルヴィア殿下のスキルは魅力的でしょうが、王国を侵略するに当たって非常に厄介なはずです。それにこちらには、転移魔法があります。シルヴィア殿下のスキルで籠城しつつ転移魔法で物資を供給すれば半永久的に戦う事が可能です。そのような厄介極まりない敵を果たして生かしておくでしょうか？」

「む……。そうだな。そう言われると先に潰しておきたくはなる。大陸統一を掲げている皇帝からすればシルヴィアのスキルは邪魔にしかならんか。神聖結界は強力なスキルではあるが欠点も多い。対魔物ならば無敵だが対人ならばほとんど意味がない。魔法は防げても剣や弓矢などは防げないからな。しかし、本当に狙ってくると思うか？」

「……確証はありませんが」

「つまり、お前の予想というわけか」

「はい。ですが、きっと……」

あくまで予想でしかなく、レオルドは自信が無さそうに頷いた。

ただの予想で王国最強と呼ばれるリヒトーを、王国最高の権力者である国王から外す事は出来ない。これから戦争になるのなら尚更《なおさら》だ。

しかし、国王はレオルドの今までの実績を考慮し、信頼に当たるものだと結論を出した。

「分かった。レオルド。お前の言うとおり、リヒトーを戦時中のみだがシルヴィアの護衛につけよう」

その言葉に暗く沈んでいたレオルドの表情が明るくなる。

「ほ、本当ですか。陛下!?」

「ああ」

思わず聞き返してしまったレオルドに嘘《うそ》ではないと頷く国王は笑みを浮かべる。

「ところでそんなにシルヴィアが心配か？」

先程までの雰囲気とは違い、親戚のおじさんが甥《おい》っ子《こ》の恋愛に興味津々のようにニヤニヤと笑みを浮かべながら尋ねた。

「え？　いや、それはまあ、心配ですよ」

これは心の底から思っている言葉であった。

転生してから出会った当初は苦手な相手であったが、今では憎からず思っている。

それゆえにレオルドはシルヴィアに死んで欲しくないと切に願っている。

だからこそ、レオルドはもしも自分が皇帝だったらと考えた。

その結果、もっとも厄介な敵になりそうなのがシルヴィアだと判断したのだ。

なにせ、神聖結界《スキル》が非常に強力だからだ。

魔にまつわるものなら拒む結界は、魔物に限らず魔法すらも跳ね除《の》ける。

なのに、結界の内側からだと外に向けて魔法を撃つ事が出来るのだから反則な能力だ。

いくら数で押したとしても王都は落とす事が出来ない。

神聖結界で守られ、強引に突破しようにも魔法で邪魔される。

そのような無理難題に挑むなら暗殺者を送り込んで、シルヴィアを殺した方が早い。

誰だって同じような事を考えるだろう。

レオルドはシルヴィアに死んで欲しくないという思いから、貴重な魔道具をプレゼントしていた。

それでも足りないと感じたので今回、国王に無理を言ってリヒトーを護衛に回して欲しいと懇願したのだ。

ただそのような事を知らない国王は、レオルドがシルヴィアに心惹《ひ》かれつつあると思って心配かと訊《き》いたのだが、特に照れる様子もないその反応に肩透かしを食らう。

「そ、そうか……」

「はい。殿下にもしもの事があれば大変ですからね」

（シルヴィアよ。どうやら一筋縄ではいかないようだぞ）

シルヴィアの想いを知っている国王はレオルドの様子を見て察した。

レオルドは、恋愛方面には疎いのだと。


そういう経緯もあってリヒトーはシルヴィアの護衛となっていた。

そのおかげで厳重に警備されている王城を、誰にも気付かれずに潜《くぐ》り抜けてきた凄腕《すごうで》の暗殺者によるシルヴィア暗殺計画を見事に阻止する事が出来た。

「くっ……」

まさか、リヒトーが護衛に付いているとは計算外であった為《ため》に暗殺者も覆面の下で苦い顔をした。

本来ならば、シルヴィアに付いているのはレベッカという近衛騎士であったはずだ。

彼女が護衛だったなら、暗殺者もここまで苦しくはならない。

レベッカが弱いというわけではなく、単純にリヒトーが異常なまでに強すぎるのだ。

王国で最強と名高いリヒトーが相手だと、いくら凄腕の暗殺者と言えども分が悪い。

（ここは逃げるべきか……？　いやしかし、この男からは逃げ切るのは不可能。対峙《たいじ》した時点で私は詰んでいる。だが――

窮地に立たされている暗殺者だが、まだ手立ては残っている。

標的であるシルヴィアが運よくバルコニーに出てきたから暗殺を試みようと飛び出したが、まだ他にも仲間が潜んでおり、今も機を窺《うかが》っているのだ。

しかも、皇帝から貸与された古代の遺物を身につけている仲間が。

まだリヒトーは気が付いていない。殺《や》るならば今だと暗殺者は合図を送る。

隠れて様子を窺っていた、もう一人の暗殺者はリヒトーと対峙している仲間から合図を受けて古代の遺物、『見えざる猫《クラールキャット》』を身に纏《まと》い行動を開始する。

原作《エロゲ》にも登場してはいるが名前だけで出番はなかった悲しき古代の遺物である。

その能力は男のロマンを叶《かな》えるであろう、透明になれるマントだ。

羽織れば透明になれる上に、猫のように気配を消して足音も無くせる遺物だ。

ちなみに原作の方では男性陣が帝国の宝物庫から、『見えざる猫』を発見して妄想するといったイベントがあったりする。

ただし、それがバレてしまい厳重に保管される事になり二度と拝む事は出来なくなったという悲しい結末を迎えた。

そんなアイテムである『見えざる猫』はその真価を発揮し、リヒトーさえも欺く。

猫のように気配を殺して獲物《シルヴィア》に暗殺者は忍び寄り、背後から急所目掛けて猛毒が塗られている短剣を一直線に突き刺した。

次の瞬間、バチッという音が鳴り響いたかと思えば短剣は見えない壁に弾《はじ》かれてしまい、『見えざる猫』を身に纏っていた暗殺者はその衝撃に仰《の》け反った。

「え!?」

リヒトーに守られるように立っていたシルヴィアは突然、背後から聞こえてきた音に驚いて振り返ると同時に、レオルドから貰《もら》ったネックレスが砕け散った事を知る。

「レオルド様から頂いたネックレスが！」

「殿下！　こちらへ！」

まさか、もう一人仲間が居るとは気が付かなかったリヒトーは焦った声でシルヴィアを引き寄せる。

（まだ仲間が隠れていたなんて……！　くっ！　今のは完全に僕の失態だ）

自分を責めるリヒトーだが、今回は帝国が持っていた古代の遺物、『見えざる猫』を褒めるべきだろう。

たとえ、レオルドやシャルロットがリヒトーと同じようにシルヴィアの護衛をしていたとしても気付けるものではない。

周到に用意を重ねたレオルドの機転が勝った、と言えるだろう。

あらゆる事態を予測してシルヴィアに貴重な魔道具を渡していたのだから。

シルヴィアがレオルドから貰っていたのは身代わりの首飾り。

文字通り身代わりになってくれる魔道具だ。ただし、効果は一度きり。

致命的な攻撃から一度だけ守ってくれるのだから、その価値は計り知れない。

本当はレオルド自身が使う予定であったのだが、一度きりという効果なので暗殺などの恐れがあるシルヴィアに渡していた。

勿論《もちろん》、レオルドにも暗殺の恐れはあるのだが、ギルバートやシャルロットとの鍛錬の賜《たま》物《もの》で不意打ちなどには滅法強いので必要なかった。

「くそっ！　今のはなんなんだ！　そんなものがあるなど情報にはなかったぞ！」

暗殺が二度も失敗してしまったことに腹を立てた暗殺者《アサシン》は悪態を吐《つ》く。

その様子を見てリヒトーは暗殺者が他にいないことを察した。

「そうか。それは勉強不足だったね。でも、安心してくれ。君達《たち》に次は無い。ここで僕が斬るからね」

「くっ！　せめてこの命と引き換えにしてでも――！」

自棄《やけ》になって暗殺者はリヒトーの背後にいるシルヴィアへ襲い掛かる。

だがリヒトーがそれを許さない。音を置き去りにするほどの剣速で暗殺者を両断した。

「あと一人。一応訊いておくけど、誰が依頼人なのかな？　まあ、予想では皇帝だろうけど。どうかな？　当たってる？」

『見えざる猫』を身に纏い姿を隠している暗殺者にリヒトーは語りかけるが反応は無い。

仲間が斬られるのを見た暗殺者は『見えざる猫』を再び纏って、リヒトーから逃げた。

壁を伝い、屋根へ逃げた暗殺者は一秒でも早くリヒトーから離れようと跳躍する。

背後を確認した暗殺者はリヒトーが追ってきていないことに安堵《あんど》して前を向いた瞬間、絶望した。

目の前には先回りしていたリヒトーが剣を抜いて立っていたのだ。

「姿も気配も足音すらも消すなんてとんでもない魔道具だけど……姿が見えないだけでそこにいるのだから、空気の流れを読み、意識すれば居場所なんて把握出来る」

「ば、ばけも、の――」

ほんの微《かす》かな空気の流れで居場所を把握した化け物《リヒトー》は暗殺者の首を刎《は》ねた。

首を失った暗殺者の死体が現れ、ドシャッと屋根の上に倒れる。

リヒトーはその死体に近付き、暗殺者には似合わない模様が描かれているマントを剝ぎ取り、下顎に指を添えてマントを観察する。

「う～ん、これが透明化の秘密かな？　まあ、とりあえず貰っておこう」

念のために他に暗殺者がいないかをリヒトーは確認してからシルヴィアのもとへ戻った。

こうして無事にシルヴィアの暗殺はリヒトーの活躍により防がれたのである。

残すはレオルド達が皇帝を取り押さえるだけ。

ただ、帝国の主力部隊が集結したゼアト戦に勝利した今、この戦争の勝者は王国側である。ゆえに皇帝の捕縛はもう意味のない事なのだが、残念な事にレオルド達は帝都にいる為、何も知らずに作戦を続行していた。

第三話 ✧ 熱戦、激闘、そして終結

帝都にある城の地下水路へ無事に潜り込んだレオルド達は、ローゼリンデの協力者に力を借りる事となった。

「ローゼリンデ殿下。その者は信用出来るのですか？」

「ええ、勿論。私が帝国から無事に逃げおおせたのもその人がいてくれたからよ」

「お名前をお伺いしてもよろしいでしょうか？」

「アークライト。私の兄で第五皇子アークライト殿下よ」

「それはまたとんでもない大物ですね」

第五皇子が協力者と聞いてレオルドも思わず驚いた。

「とても頼りになるお方よ。ただ……」

自慢げに言うローゼリンデだったが、すぐに彼女の表情が険しくなる。

「お兄様は婚約者を人質に取られているの。だから、皇帝の言う事には逆らえないわ」

「でしたら、罠《わな》の可能性が……」

「だとしても私達に他の手立てがある？」

そう言われるとレオルドは何も言えない。

ローゼリンデ曰《いわ》く、城の地下水路から城内へ至る道は閉ざされているそう。つまり今後、彼女の言う協力者だけが頼りな状況になるのだ。

罠の可能性も踏まえてレオルドはローゼリンデの案内に従い、城の地下水路を進む。

「ところで、どのようにしてアークライト殿下に我々が来たことを伝えるのですか？」

「それなら問題ないわ。これがあるから」

ローゼリンデが懐から取り出したのは鈴だった。

レオルドはそれを見て首を傾《かし》げ、ローゼリンデに尋ねた。

「殿下、それは一体どういうものなのですか？」

「これは共鳴の鈴と言って鳴らすと、もう一つの鈴が鳴る仕組みになってるの」

「それをアークライト殿下が持っていると？」

「そう。だから、これを鳴らせば私達が来た事は伝わるわ」

（それ下手をしたら敵にバレてるのでは？）

野暮な事は聞けないレオルドは後方にいるジークフリートを除いた四人に目配せをする。

レオルドの意図を察し、この先に罠が待ち構えているかもしれないと四人は深く頷《うなず》き、いつでも戦えるよう準備を始める。

地下水路の終点へ辿《たど》り着いたレオルド達は立ち止まり、ローゼリンデに顔を向けると、彼女は頷いて共鳴の鈴を鳴らした。

しばらくして、地下水路の壁がゴゴゴと音を鳴らして両側に開いていく。

レオルドはいつでも戦えるように腰を低く落として拳を構えて、壁が開ききるのをジッと見詰めていた。

地下水路に光が差し込み、レオルド達の前に眼鏡を掛け、片手にローゼリンデと同じ鈴を持っている知性的な顔をした男が姿を現した。

「よく無事に戻ってきました。ローゼリンデ」

どうやら、目の前の男がアークライトのようだ。

レオルドは警戒を解かず、ローゼリンデとアークライトの動向を見守る。

「お兄様。お聞きしたいのですがセツナは今も地下牢《ちかろう》に幽閉されているのでしょうか？」

「ええ。彼女はまだ地下牢に繋《つな》がれています。私が監視を引き付けますので、彼女を解放してください」

「分かりました。では、私達は先に行きます」

そう言ってローゼリンデが地下牢へ向かおうとした時、レオルドは立ち止まる。

「ローゼリンデ殿下。申し訳ありませんが、私はアークライト殿下を信用する事が出来ません。罠である可能性がある以上、彼の言う事を鵜呑《うの》みにするのは危険です」

「何を言っているの。私達が誰にも気付かれずに城へ入れたのもお兄様の協力があったからよ。それを忘れたわけではないでしょう？」

ローゼリンデの言うとおり、レオルド達が地下水路から城内へ入る際、アークライトが協力してくれたおかげで、誰にも気付かれる事なく城内に入ることが出来た。

しかし、レオルドにとってそれとこれとは別だ。

罠の可能性がある以上、そう簡単に信じることは出来ない。

「どうか今だけは信じて頂けないでしょうか？　私にも助けたい人がいるのです」

「アークライト殿下。お気持ちは分かりますが、私も仲間の命を預かっている身なので」

アークライトが皇帝に婚約者を人質に取られていることはローゼリンデから聞いている。

しかしレオルド達も命懸けの作戦の真っ最中だ。

であれば、不確定因子は極力排除したいと思うのは当然の事。

「無論、貴方《あなた》の言い分も理解できます。それでも、信じて欲しい。望むならば全てが終わった後、この命を貴方に差しあげましょう」

そう言って、膝を付き土下座しようとするアークライトをローゼリンデが止める。

「お兄様！　お止《や》めください！　レオルド伯爵！　第五皇子であるお兄様がここまでするのです！　その意味を理解しなさい！」

必死に説得するローゼリンデを見て、ジークフリートもレオルドを説得するように彼女の味方に回る。

「レオルド。あの人もあそこまでしてるんだし、今だけは信じたらどうだ？」

「ジーク。俺はこの部隊全員の命を預かっている立場だ。もしもこれが罠で誰か一人でも死んでみろ。俺は俺を許す事は出来ない」

「うっ……」

レオルドの言葉にジークフリートも反論できずに狼狽《うろた》える。

「だが、今回だけはその覚悟に免じて目を瞑《つぶ》ろう」

レオルドは感情を抑え込み、土下座までしたアークライトを信じてみる事にした。

「ただし、罠だった場合はお覚悟を」

「ありがとう。レオルド伯爵」

顔を上げるアークライトを一瞥《いちべつ》して、レオルド達はローゼリンデの案内に従い地下牢へ向かう事にした。

地下牢の前には監視がいたが、最初の作戦通りアークライトが監視を引き付けた。

レオルド達はその隙にセツナを救出する為《ため》に地下牢へ素早く侵入する。

セツナが囚《とら》われているのは最奥。

一直線に地下牢を突き進み、レオルド達はセツナのいる牢に向かってひた走る。

最奥へと辿り着いたレオルド達は手分けして牢屋の中を覗《のぞ》くが、セツナと思われる人物はどこにも見当たらず、姿形さえなかった。

これは騙《だま》されたのではと思ったレオルドがローゼリンデに問い掛けようとした時、彼女は頭を抱えて喚《わめ》き出す。

「嘘《うそ》！　なんで!?　ここにいるはずなのに！　どうしてどこにもいないの！」

これが演技なら彼女は何かしらの称号を送られるほどの大女優にでもなれるだろう。

しかし、どう見ても本気で困惑しているようにしか見えない。

頭を抱えてうろたえているローゼリンデにジークフリートが優しく問い掛けた。

「ロゼ。本当にここで間違いないのか？」

「間違いないわ！　嘘じゃないの！　ジーク、貴方は信じてくれる？」

「ああ。ロゼが嘘を吐いてないってことは分かるよ」

「ジーク、ありがとう」

（ふむ……。確かにあれだけ取り乱していたら嘘には見えない。それに好きな男を騙すような真似《まね》はしないはずだ。嫌われるだけだからな）

二人のやり取りを見ていたレオルドも、ローゼリンデは嘘を吐いていないと判断した。

だが、別の問題が出てくる。セツナを救出して味方に加える事が出来なくなった。

皇帝の側《そば》に控えているであろう炎帝に対しての切り札が無くなってしまうのは致命的であり、作戦の失敗を意味する事となる。

（ここにセツナがいないとなると作戦を変更しないといけないな……。しかし、何故《なぜ》セツナは地下牢にいなかったんだ？　もしかして、俺達《たち》が来る事を予《あらかじ》め知っていて、地下牢から移動させたのか？　だとすれば、この状況は不味《まず》いかもしれない。今すぐにここから離れないと！）

疑問を浮かべ、時間を無駄にしたレオルドはすぐに移動しなかった事を後悔する。

「ッ……！」

ゾワリと背筋に悪寒が走る。

それはレオルドだけでなく、その場にいた全員にも同じように悪寒が走った。

レオルドはバッと、走って来た方向に顔を向ける。

コツコツと誰かが歩いて来る音が地下牢に響く。

ゆっくりと何者かがレオルド達に近付いていた。

その音を静かに聴いていたレオルド達は緊張にゴクリと喉を鳴らす。

（このプレッシャー……！　最悪だ。最悪の事態だ！）

徐々に近付いて来る音と共に、圧倒的な存在感を感知したレオルドはギリッと歯軋《はぎし》りする。やがて、音の主が近付いてきて、その全貌が露《あら》わになるとレオルド以外は驚愕《きょうがく》に目を見開いた。

「炎帝グレン……。どうして貴方がここにっ！」

叫ぶローゼリンデの目の前には帝国最強と名高い炎帝グレンが立っていた。

セツナを仲間にするはずが、炎帝と遭遇してしまったレオルド達は逃げる事も出来ずに、

激しい動揺から動けないでいる。

（クソ！　出口はグレンの向こう側……！　逃げようにもグレンをどうにかしない限りは……不可能！）

絶望的な状況にレオルドは内心で悪態を吐《つ》きつつ、思考を巡らせる。

出口は一つだけ。地下牢から抜け出すにはどうしても越えなければならない壁が存在している。

グレンだ。彼をどうにかしない限りは、地下牢から生きて出る事は出来ない。

レオルドは必死に思考を巡らせるが、どう足掻《あが》いても地下牢からの脱出は不可能だった。

「……」

先程から一言も発さないグレンを不気味に感じながらも警戒を緩めないレオルド。

そんなレオルドへモニカが近付いて耳打ちをする。

「レオルド様。ここは我々にお任せを」

「何をするつもりだ？」

「我々三人が道を切り開きます。ですから――」

決死の覚悟でモニカは道を切り開こうとするも、

「ならん。お前達はシルヴィア殿下から預かった大切な部下だ。必ず生きて帰す」

レオルドの一言によって止められる。

その言葉にモニカは胸が熱くなるが、シルヴィアから与えられた命令を守る為に進言し、グッと身を乗り出す。

「申し訳ございません。レオルド様。我らはシルヴィア様からレオルド様をお守りするように言われております。ですので、ここは我らにお任せを——グエッ……！」

モニカは使命を果たすために飛び出すが、襟首をレオルドに掴《つか》まれてしまい、情けない声を出してしまう。

流石《さすが》に女性相手にこれはないだろうと自己嫌悪しながらも、レオルドはモニカを自分の後ろへと強引に引っ張った。

「気持ちはありがたいがここは俺に任せろ」

「し、しかし！」

「勝てるはずがないと？」

「そ、それは……」

思わずレオルドから顔を背けるモニカ。

言葉で表すよりもモニカの反応は分かりやすく物語っていた。

「ふっ……。まあ、俺も同意見なんだがな」

「で、でしたら、ここは我々に任せて」

「ただそれでも、仲間を犠牲にしてまで生き延びようとは思えんのだ」

　ここまで一緒に旅をしてきたモニカ達を絶対に死なせない、その想《おも》いがレオルドを突き動かす。

「これから俺が炎帝の相手をする！　お前達は殿下を連れてセツナを探し出せ！」

　力強く叫んだレオルドは土で作られた壁を自分とグレンを囲むように魔法で作り出した。

　それを見たジークフリート達はレオルドの覚悟を踏みにじる訳にはいかないと、土の壁の脇を通り抜け、地下牢から脱出する。

　残ったのはレオルドとグレンの二人だけ。両者互いに言葉を発さずに睨《にら》み合っていた。

　そして、レオルドはグレンの首にあるそれに目を留めた。

(何で無言なんだと思ったら隷属の首輪を嵌《は》められているのか。なら、余計なお喋《しゃべ》りはしないか。会話で時間を稼ぐ事が出来ないのは少々厳しいな……)

　グレンは隷属の首輪により、魔法名を唱えたり詠唱をする事以外は喋る事を禁じられている。

　その理由は余計な事を喋らず、ただ黙って命令に忠実に従えという皇帝の考えのためだ。

　そういう理由があるとは知らないレオルドは、腰に差していた剣を抜き、剣先をグレンに向ける。

　グレンは徒手空拳を得意としており、武器を持っておらず、レオルドに剣を向けられても微動だにしていない。

余裕の現れか、それとも隷属の首輪のせいなのかは不明だが、途方も無い緊張感が漂っているのは間違いない。

(剣を向けられても微動だにしないか……。余裕なのか、それともそういう命令を受けているのか……。詳細は分からんが、仕掛けてこないのならこちらからいくぞ!)

不気味さに戸惑いながらもレオルドは地面を蹴ってグレンへと間合いを詰める。

剣の届く距離にレオルドが近付いた時、グレンが動いた。

「ッ!」

グレンの鋭い蹴りがレオルドを襲う。

咄嗟《とっさ》に身を捻《ひね》って避けるレオルドの頬をグレンの蹴りが掠《かす》る。

一度、離れようとレオルドはバックステップで距離を開けた。

(攻撃されたら反撃するのか? 皇帝はどんな命令を下したんだ?)

距離を置いたレオルドはグレンの行動に頭を悩ませる。一体、皇帝はグレンに何と命じたのか。

(気にしても仕方がないか。今はどう倒すかよりも、どう切り抜けるかが重要だ。カレン達も十分に逃げ出しただろうから、俺も後を追ったほうがいいだろう。まあ、そう簡単にはいかないと思うけど……)

一先《ひとま》ずグレンがどのような命令を受けたのかを考えるのはやめ、どのようにしてこの局面を乗り切るか、レオルドは思考を加速させる。

その時、今まで攻めてこなかったはずのグレンが攻勢に出た。

グレンは火属性の魔法をレオルドへ撃ち放った。

鉄すら溶かす業火の塊がレオルドに迫り、チリチリと肌を焦がす。

途轍《とてつ》もない火力に目を見張り、レオルドは咄嗟に障壁を張って業火を防いだ。だが安心するのも束《つか》の間《ま》、グレンが地面を蹴って距離を詰めてくる。

魔法を防いで気が緩んでいるであろうレオルドに向かってグレンは拳を叩《たた》き付ける。

しかし、レオルドはグレンの魔法を防いだからと言って気を緩めたりはしない。

そもそもレオルドからすればグレンは遥《はる》か格上の相手。

そのような格上相手にレオルドが気を緩める事など一切無い。

むしろ、いつも以上に神経を尖《とが》らせており、集中力を高めていた。

それは当たり前の話だろう。

なにせ今までレオルドが格上相手と戦ったのは、鍛錬や試合であり殺し合いではなかったのだから。

しかし、今回は違う。正真正銘の殺し合いだ。

少しでも油断すれば、たちまち殺されてしまう。

死にたくないレオルドは必死に抵抗する。

その果てに相手を殺す事になるかもしれないが、生き残るためなら躊躇《ためら》う事はない。

睨み合い、お互いを牽制《けんせい》していた二人だったが、グレンが先に動いた。

真《ま》っ直《す》ぐにレオルドへ向かって駆ける。

レオルドは真っ直ぐに突っ込んでくるグレンに剣を構えて迎撃態勢を取る。

グレンが間合いに侵入した瞬間、レオルドは一切の躊躇いなく一閃《いっせん》を放つ。

仰《の》け反るように紙一重で避けたグレンは力強く踏み込んで、レオルドに拳を叩き込む。

が、レオルドも負けじとグレンの拳を身体《からだ》を逸《そ》らして、避けてみせた。

すかさず返す剣でもう一閃するが、グレンは屈《かが》んで剣を避けるとレオルドの軸足を蹴り飛ばした。

軸足を蹴られてバランスを崩したところにグレンは追撃の拳を叩き込もうとするが、レオルドは崩れた体勢から無理矢理に斬撃を放った。

予想外の斬撃にグレンも驚いたが対応できない速度ではない。

斬撃を避けるように上体を逸らして、グレンはバックステップで距離を離した。

そこへレオルドが猛追し、剣を振り下ろすもグレンに白刃取りされてしまう。

「っ！　見事！」

思わず敵であるグレンを賞賛してしまったレオルド。

だからと言って手を抜きはしない。

レオルドはそのまま力任せに押し切ろうと力を込めるが、グレンが蹴りを放った。

「……ちっ」

咄嗟に剣を手放し、後ろへ飛んで蹴りを避ける事に成功するも、唯一のアドバンテージとなっていた剣を手放してしまったレオルドは小さく舌打ちする。

徒手空拳が苦手というわけではないのだが、やはり接近戦をするならばリーチのある剣を持っていた方が有利である。

(剣を失ったのは辛《つら》いな……)

グレンはレオルドから奪った剣を握り締める。すると瞬く間に剣が赤熱し、まるでバターのように溶け落ちた。

レオルドの剣は高名な鍛冶師に作らせたもので、そう簡単に溶けるようなものではない。それを簡単に溶かしてしまうグレンの強さが異常だと、レオルドは再認識させられた。

剣をドロドロに溶かしたグレンは、先程と同じように正面からレオルドへ突っ込む。

格下だからと甘く見ているのかと、レオルドはピクリと眉を吊《つ》り上げた。

(くそ！　舐《な》められてるのか!?)

正面から突っ込んでくるグレンに対してレオルドは土魔法で壁を作り、距離を置こうと考えて後ろへ大きく飛び退《の》いた。

しかし、驚くべき事に飛んだ先にはグレンが先回りしており、腰を落として待ち構えていた。

レオルドがその事に気が付いた時にはもう、遅い。

腰を落とし、独楽《こま》のようにグレンは鋭い回し蹴りを放ち、レオルドを吹き飛ばす。

「がっ、はぁ……！」

壁に激突したレオルドは大量の息を吐きながら崩れ落ちる。

(グレンめ……！　俺の動きを予想していたのか！)

痛みを堪え、歯を食い縛って立ち上がるレオルドの眼前に炎の塊が迫る。

咄嗟《こら》に横へ飛んで炎を避けるレオルド。

そこへグレンが回り込み、炎を避けて立ち上がったレオルドを殴り飛ばす。

「ぐぅっ！」

頬を思い切り殴られたレオルドは大きく吹き飛び、ゴロゴロと地下牢《ちかろう》を転がる。

倒れたレオルドは血を吐き捨て、口元を拭いながら立ち上がった。

(なんつー重たい一撃だ。ギルに殴られ慣れてなかったら意識飛んでたぞ。帰ったら感謝しておくか)

そんな事を考えながら心の中で笑みをこぼすレオルドは、グレンに顔を向ける。

グレンの方は隷属の首輪をされているせいで感情が読めないので無表情。

そんな不気味な姿にレオルドは悲しくなっていた。

（ほんとなら、会話とか出来たんだろうに……。残念だ。まあ、会話を楽しめるかと言われたら微妙なんだけどな）

思考を切り替えてレオルドはグレンへ向かって走り出す。

グレンはレオルドに手の平を向けて、灼熱《しゃくねつ》の炎を放つ。

迫り来る炎をレオルドは避け、髪が焦げながらもお返しと言わんばかりに水魔法《アクアスピア》を五発放つ。

グレンは飛んでくるアクアスピアを見て、レオルドと同じように土魔法で壁を作りアクアスピアを防ごうとする。しかし、レオルドも簡単に防がれる事は既に計算済み。レオルドはアクアスピアを操作して壁を避けるように軌道を変えた。

土の壁の向こう側から、軌道を変えて飛んでくるアクアスピアにグレンは驚くが隷属の首輪のせいで顔には出ない。

両手を交差させ、障壁を張り巡らせ、アクアスピアを防いだグレンは次の攻撃を警戒するようにギロリとレオルドのいる方向を睨んだ。

しかし、一向に来る気配がないのでグレンは両腕を下ろし、土の壁を解除してレオルドの姿を確認する。

「ほんの少し痺《しび》れてろ！　ショックウェイブ！」

土の壁を解除した瞬間、グレンの目の前には手の平に電気を迸《ほとばし》らせるレオルドがいた。

放たれたショックウェイブをグレンは避ける事が出来ずに直撃してしまう。

そしてレオルドの言う通り、グレンはほんの少しの間、麻痺《まひ》で動けなくなる。

この隙にレオルドは戦略的撤退を選んだ。逃げる事は恥ではない。

むしろ、レオルドにとってグレンは勝ち目の無い相手。

ならば、逃げる事こそが正解であり、唯一生き残る方法である。

「ダメ押しだ！！」

グレンを飛び越え、出口に向かって猛ダッシュするレオルドは土魔法で地下牢を塞いだ。

これで少なくとも数秒から数十秒はグレンを引き離す事が出来る。

「今の内にカレン達《たち》と合流してセツナを味方にしなきゃ勝てんぞ、あんな奴《やつ》！」

勝てない事を再認識したレオルドは、なんとしてでもセツナを味方にしなければならないと意気込んで、地下牢を脱出した。


レオルドは一心不乱に城の中を走る。チラリと一瞬だけ背後を覗《のぞ》くと、そこには何の感情も見せないグレンが追いかけてきていた。

どうやら、グレンはレオルドが塞いだ地下牢から抜け出せたようだ。

それにしても、無表情で追いかけてくるグレンは怖い。

鬼気迫る表情も恐怖心を煽《あお》るが、無表情というのも不気味さを際立たせて恐ろしいものがある。

お互いの速度はほとんど一緒なのだが、グレンは城内だろうとお構いなく魔法を放った。城の壁を簡単に破壊する火の玉が何度も飛来し、その度にレオルドは飛んだり跳ねたりして、アクロバティックに避けている。

障壁を張ればいいのだが、無駄に魔力を消費できないレオルドは物理的に避けるしかなく、次第に髪が、服が、肌が焼け焦げていく。

（んひぃいいいっ！　ちくしょう！　城の中だっていうのに容赦なしかよ！）

レオルドは心の中で叫び声を上げた。

それでも懸命に足を動かし、必死に脳を回転させて考える。

（考えろ、考えろ、考えろ。グレンはどういう命令を受けている？　今も俺を追いかけてきているってことは、恐らく侵入者の排除。それはつまり、俺達のことがバレていたという事。一体、いつから？　最初からなら地下水路の所にグレンを配置していたはず。だとしたら、やはりアークライトが裏切っていた。その可能性が一番高い。アークライトは助けたい人がいると言っていた。その人と俺達を天秤《てんびん》にかけて、俺達を売った。これが一番納得出来る！）

やはりアークライトは裏切っていたのだと結論付けたレオルドは彼に対して怒りを燃や

す。しかし、残念ながらそれは違う。

アークライトは本当にレオルド達を助けようとしていたのだ。


時は少し遡り、レオルドがグレンと戦っている頃、地下牢から脱出したジークフリート達は兵士達に見つかって追われていた。

どこに逃げればいいのか分からず、城の中をひたすらに走り回る。

「くそ！　ここは俺が！」

「余計な体力を使わないでください！　ここは敵地。いくらでも増援が来ます！　だから、今は逃げる以外の選択肢はありません！」

ジークフリートが追いかけてくる兵士達を相手にしようと立ち止まったが、モニカに咎《とが》められ、悔しそうに逃走を再開する。

「でも、このままじゃいつか捕まるぞ！」

悔しいがジークフリートの言い分も正しく、モニカは顔を歪《ゆが》める。

「ローゼリンデ殿下！　どこかに隠れる場所はございませんか!?」

「あるわ！　多分、あそこなら隠れられる！」

「では、そこへ！」

「分かったわ！　付いてきて！」

思い当たる場所があるローゼリンデはジークフリート達を引き連れて走る。

最後尾を走っているカレンは時折、近付いて来る兵士を気絶させる。

「やあッ！」

しかし、中にはカレンの一撃を受けても倒れないタフな兵士もいた。

「むう……！」

流石《さすが》にカレンも全員倒す事は不可能だと判断して走る速度を上げた。

（レオルド様、大丈夫かな？）

走りながらカレンはレオルドの心配をする。

本来であればカレンが守らなければいけないレオルドを一人残してしまった事が心配で堪《たま》らなかった。

だが、カレンが残っても大した足止めにはならなかっただろう。

相手は帝国最強の炎帝。いくら鍛錬を積み強くなったカレンと言えど、力の差は歴然。

それならば、帝都潜入作戦のメンバーの中で最も強いレオルドが残るのが最善だ。

（もっと強くならなきゃ……！）

いつまでも守られてばかりではいけないと、カレンはギュッと拳を握り締めた。

ようやく兵士を撒《ま》いた一行はローゼリンデの案内のもと、とある部屋に身を潜める。

薄暗い部屋で不気味な所だが、目が慣れてきた一行が目にした光景は大量の本がある書庫であった。

「ここは普段あまり使われてない書庫なの。だから、ここにあるのは貴重じゃない本ばかりよ。まあ、私達が子供の頃に読んだものが多いわね」

ローゼリンデの説明を聞きながら一行は書庫の中を歩く。

「ローゼリンデ殿下。今はこの部屋の事よりも、この城のどこかに囚《とら》われているセツナについて考えましょう」

「そうね。その通りね」

モニカに言われてローゼリンデはセツナがどこに囚われているかを考え始める。

彼女は何か物事を考える時、歩く癖でもあるのか書庫を歩き回りながら考えていた。

(どうしてセツナは地下牢にいなかったのかしら？　お兄様が私達を騙《だま》した？　いいえ、そんなことはないはず。きっと皇帝が何かしたに違いないわ。人を出し抜くことについては兄弟の中で一番だった。だから、皇帝になれたんだもの。そう考えると皇帝がやりそうな事を思い浮かべればいいだけ。人の嫌がる事を平気で行う人だから……恐らく、セツナを秘密裏に別の場所へ移動させたんだわ！　だとしたら、どこへ？)

コツコツとローゼリンデの足音だけが書庫に響き渡る。

皇帝アトムースの考えを導き出そうとローゼリンデは目を瞑《つぶ》り集中して考える。

「――そうか。きっと、そうだわ！」

パッと目を開き、何か分かった様子のローゼリンデはポンと手を叩《たた》く。

それを見た残りのメンバーはローゼリンデの次の言葉を待つ。

「皇帝は私達のことを把握していた。そしてセツナは恐らく皇帝のもとにいるわ。今頃、私達の事を鼻で笑っているはずよ」

「よし！　なら、皇帝の所へ行こうぜ！　どっちみち、皇帝を取り押さえるのが俺達の役目なんだからな！」

「ええ！」

やる気十分といった感じにジークフリートが拳を手の平にぶつけてパンと音を鳴らす。

それに呼応するようにローゼリンデが頷《うなず》いた。

「待ってください。ローゼリンデ殿下、確証はあるのですか？」

流石にただの推測で敵陣の中枢である皇帝のもとに飛び込むわけにはいかないと、モニカがローゼリンデに詰め寄る。

「確証はないわ。でも、皇帝が考えそうな事なの」

「それだけでは流石に危険すぎます。既に我々の侵入は知られていますので、皇帝は警備をさらに増やしているでしょうから、このまま突撃すれば返り討ちにあってしまいます」

「それもそうだけど、だからといってこのままここに隠れ続けるわけにはいかないでしょう？」

「それはそうなのですが……」

言っている事は正しいのだが、確証もないのに突撃するのはいくらなんでも無謀である。

それにもしもセツナが皇帝のもとにいなかったらどうするか。

下手をしたらセツナまで敵に回ってる可能性もあり、何も出来ずに全滅もあり得る。

それだけはなんとしてでも避けたい所だが、ローゼリンデの言うとおり、いつまでもここに隠れているわけにはいかない。

「あの、それなら私が探してきましょうか？」

モニカがどうやって二人を止めようかと考えていた時、カレンが手を挙げて発言した。

突然の発言にその場にいたカレン以外の全員が固まる。

いきなり全員が固まってしまったので、カレンは何か不味《まず》い事でも言ってしまったのかと戸惑ってしまいオロオロとしていた。

「えっと、あの……何かいけなかったでしょうか？」

「いえ、そんなことは」

まだ成人もしていない女の子であるカレンが困っているのを見て、モニカが手を振りながら何も問題が無い事を教える。

「じゃ、じゃあ、さっきのことなんですけど私がセツナさんを探しにいきましょうか？」

おずおずと再提案するカレンにモニカは考えた。

レオルドがわざわざ連れて来るほどの者なのだから相当な実力者である事は間違いない。

そして、探してくると述べた事から隠密《おんみつ》能力や捜索能力にも長《た》けているという自信があるのだと考えたモニカは、仲間のマリンとミナミに声を掛ける。

「二人とも、こっちに」

三人は離れた場所で小さな声で話し合う。

「彼女の言うとおり、一度私達でセツナを探し出した方がいいと思うの。ローゼリンデ殿下の言う事も正しいのだけど、迂闊《うかつ》な真似《まね》は出来ないわ」

「まあ、そう考えるのが妥当ね。四人でバラける？　それとも一緒に探す？」

「効率を考えるなら四人で別々の場所を探した方がいいのでは？　モニカ、マリン、そして私。後はカレンちゃんにも頼めばなんとかなるんじゃない？」

「そうしましょうか」

「それでいいわ」

「はい。でも、問題が」

「ジークフリートね？」

ジークフリートの名を告げるとミナミが不安そうな表情で頷く。モニカとマリンは同じように不安を感じていた。

悪い人ではない事は分かっているのだが、少し直情的過ぎるのだ。

ローゼリンデの事を信頼して疑う事をしない彼は少々危うい人物というのが、三人の認識。

ほんの少しでも慎重になってくれればいいのだが、期待するだけ無駄であろう。

三人はお互いに頷き合い、ジークフリートとローゼリンデの二人を説得して、この場に留《とど》まってもらおうと決めた。

「ローゼリンデ殿下。提案があるのですが」

「何かしら？」

モニカに話しかけられ、ローゼリンデは耳を傾ける。

「我々三人とカレンの四人でセツナを探し出そうと思います。幸い、我々は隠密行動には少々自信があります。それにカレンもレオルド伯爵が直々に連れて来たほどですから、相当な実力である事は確かです。ですので、ここは我々にお任せいただきたいのですが、よろしいでしょうか？」

「え、あ～、そうね……」

しばらく考える素振りを見せるローゼリンデにモニカは手応え有りと判断した。

このまま一気に言いくるめてしまえば、きっとこちらの言う事に従うはずだと確信して話を続ける。

「不安にお思いでしょうが、ここにはジークフリート殿を残していきます。彼はレオルド伯爵も認めるほどの実力者なので心強いかと。万が一見つかったとしても不覚を取る事はないでしょう」

「えっ？　まあ、確かにジークは強いから心強いわね。それに私の予想だけで無闇に皇帝へ突撃するよりはいいわ！　ええ！　貴方達《あなたたち》に任せるわ！」

当然、モニカもローゼリンデがジークフリートに並々ならぬ思いを抱いている事は察していた。見事に恋心を利用した作戦である。

恋心にクリティカルヒットしたおかげでスムーズに話が進み、反論されるどころか自分が間違っていると認めるほどだ。

モニカは上手《うま》くいきすぎて渇いた笑みを浮かべてしまうが、ひとまず無謀な事をせずに済みそうだと安心した。

「それなら皆で探しに行ったほうが安全じゃないのか？」

しかし、ここでジークフリートが纏《まと》まりかけていた話を台無しにするようなことを口走り、モニカは余計な事を言うなと口元を歪めてしまう。

不味い流れになりそうなのでモニカはどうにか論点をずらそうと口を開く。

「いえ、結構です。我々は諜報《ちようほう》活動を生業とした隠密のプロです。ですから、ここで大人しく待っていてください」

「いや、でも、女の子だけに任せるのは――」

「レオルド様は私が女であろうと頼ってくれましたよ？」

ジークフリートがまだごねようとしたがカレンが遮る。

「女だからと言って甘く見ないでください。レオルド様はそのような偏見を一切お持ちではありませんでした」

力強い口調でカレンは真っ直《まっす》ぐジークフリートへ告げる。

ここまで言われたらジークフリートも流石に言い返せない。

バツが悪そうにそっぽを向き、後頭部をかきながら謝罪の言葉を述べる。

「ごめん。俺が間違ってた」

「別にいいですよ。貴方が私達を守ろうとしているという気持ちは伝わりましたから」

カレンはジークフリートが下心を持ってないことは分かっていた。

ただ純粋に心配しているからこその発言。そのことを良く理解しているカレンはきちんとフォローしておいた。

その様子を見守っていたモニカはジークフリートが納得した事を確認して、ローゼリンデへセツナを探しにいく事を宣言した。

「では、我々はセツナを探してまいります。ジークフリート殿、ローゼリンデ殿下をよろしくお願いします」

「ええ、お願いね」

「ああ、任せろ。そっちも気をつけろよ！」

その後、四人が書庫から出て行き、それぞれセツナを見つけ出す為《ため》に影へ身を潜めながら行動を開始した。


四人が手分けをしてセツナを探している頃、レオルドは必死にグレンから逃げていた。

「ええい、くそ！　これでもくらえ！」

逃げながらレオルドは背後にいるグレンに向かって電撃を放つ。

しかし、グレンは障壁を張って電撃を防ぎ、レオルドに業火を飛ばす。

それを見てレオルドは頭を下げて、業火を避けると、ますます苛立《いらだ》ちを募らせた。

（くそ！　このままじゃいつか捕まって殺される！　どうにかしなければ！）

城内を駆け回り、飛んでくる魔法を避け、グレンから逃げるレオルド。

その道中で何度も兵士に見つかり、その度に兵士へ電撃を浴びせて気絶させている。

勢いを落とさずに曲がり角を駆け抜けたレオルドは、グレンの眼前に土の壁を作り塞ぐ。

そのまま、前方にいた兵士をなぎ倒して、すぐ側《そば》のドアを開けて中に逃げ込んだ。

「ふう……。これで少しは時間が稼げるか？」

気を緩めてしまったせいか、レオルドは自分がどのような部屋に入ったかを理解していなかった。一息ついて休もうとしているレオルドの耳に戸惑っているような叫びが届く。

「だ、誰だ！」

「ん？　しまった。誰かいたのか！」

下を向いていたレオルドは顔を上げて前を向くと、そこには家族らしき集団が固まっており、怯《おび》えるような目を向けていた。

「そ、外に兵士がいたはずだ！　兵士達をどうした！」

「お騒がせして申し訳ない。私の名はレオルド・ハーヴェスト。兵士は邪魔になるかと思いましたので気を失ってもらいました。ところで貴方達は？」

レオルドの名前を聞いて、喚《わめ》いていた男がピクリと眉を上げる。

「レオルド・ハーヴェストだと？　あのアルガベイン王国の金豚か？」

（ひっさしぶりに聞いたな、おい！　まあ、俺が痩せたのはここ最近だし、王国にずっといたからな。でも、転移魔法を復活させた件で有名にはなったと思うんだけど……？　あ、名前は知っていても顔までは知らないってことか）

ひさしぶりに聞いた呼び名にレオルドは顔を顰《しか》めることなく小さく笑った。

「何を笑っている？」

「いえ、随分と懐かしい呼び方をされたもので。それよりもこちらの質問に答えていただきたいのですが？」

「そんなことよりも、どうしてお前がここにいるんだ！　今、王国と帝国は戦争の真《ま》っ只《ただ》中《なか》のはずだぞ。それなのにどうしてここに？」

「まあ、何と申せばいいのやら……」

「さっきから城内が騒がしいのは君のせいなのだろう？　恐らく君は直接皇帝を押さえにきたのではないかな？」

（この人、鋭いな～。いや、よっぽどの馬鹿じゃない限りはすぐに察しがつくか？）

どうにか誤魔化そうとしたレオルドだったが、ここにいるはずのない人物がいる時点である程度は予想がつくだろう。

「ではどうします？　私を捕まえますか？」

もう自分が侵入者だとバレてしまったのでレオルドは開き直り、両手を横に大きく広げて目の前にいる男へ問い掛けた。

しかし、目の前にいた男は首を横に振り、ガックリと頭を下げた。

「いいや。私は君を捕まえないよ。そもそも私達は、皇帝に捕まっている身だからね」

「それはなんと！　でしたら、協力願えないでしょうか？　そうすればお助けします」

「無理だ。皇帝のもとには私の父、炎帝のグレンがついている。しかも、古代の魔道具で皇帝は父を意のままに操っているんだ！　悪い事は言わない。今すぐ引き返したほうがいい。君はまだ若く、偉大な発見をした男だ。ここで死んでいいはずがない」

グレンの実力を誰よりも理解しているであろう、息子からの忠告。だが、レオルドの心は変わらなかった。

今は逃げているがそれは諦めたからではない。確実に勝利するために逃げる事を選んだのだから。

「そうですか。残念ですが仕方がありません。それでは、私はこの辺で――」

ドアを開けて外を確かめようとしたら、丁度グレンがレオルドを探していたようでキョロキョロと首を動かしていた。

運が悪い事にドアを開けたタイミングでレオルドはグレンと目が合ってしまった。

最悪のタイミングに自嘲しながらレオルドは慌ててドアを閉める。

「出て行くのではなかったのですか？」

「本当に申し訳ないが今は頭を守るように屈《かが》んでください！！」

「え？」

膨大な魔力を感知したレオルドは全力で障壁を張り巡らせた。

すると、次の瞬間炎弾がドアを突き破り、瞬く間に炎がレオルドを包み込んだ。

だがレオルドは何重にも障壁を張り、なんとか耐え凌《しの》ぐ事が出来た。

追撃を加えんと、グレンが部屋の中へ。その瞬間、グレンはピタリと壊れた人形のように足を止めてしまう。

グレンの視界に自分を見詰めている家族が映ったからだ。

隷属の首輪によって操られてはいるが家族を見間違える事はない。

「そこだ――――っ！！！」

家族の姿を見てグレンが一瞬だけ動きを止めたのを見たレオルドは、その僅かなチャンスを見逃さず鋭い蹴りを炎帝の腹部に叩《たた》き込んだ。

蹴りをまともに受けたグレンは、身体《からだ》をくの字に曲げて吹き飛び壁に激突した。

（なんで止まったんだ？　俺の後ろにいた家族を見たからか？　家族愛で隷属の首輪を打ち破ったとか？　そんな事が有り得るのか？）

試してみたいところだが、下手に試せばグレンが激昂《げきこう》してしまう恐れがある。

なんと言っても家族の姿を見て隷属の首輪に抗《あらが》い動きを止めてしまうほどだ。

家族を盾にでもしようものなら、どんな風になってしまうのか想像もしたくない。

そう考えるとレオルドは今の内に逃げる事を決めた。

「すいませんが私はご覧の通り狙われているので、ここらで失礼します！」

手短に別れの挨拶を済ませてレオルドは、唖然《あぜん》としている家族の前から走り去る。

逃げていくレオルドを目にしたグレンは迅速に体勢を整え、その背中を追いかけていく。

その光景を見ていたグレンの家族達はあまりの出来事に誰も言葉を発する事が出来ず、

ただ呆然《ぼうぜん》とするばかりであった。

レオルドが命がけの鬼ごっこをしている時、モニカ、マリン、ミナミ、カレンの四人は懸命にセツナの探索を続けていた。

幸いな事にレオルドが派手に逃げ回っているおかげで四人は見つかる事なく動けている。

しかし、未《いま》だにセツナは見つけられずにいた。

レオルドがグレンの注意を引いてくれているがいつまで持つか分からない。

魔力共有で莫大《ばくだい》な魔力を所持しているレオルドだが体力は有限である。

いずれ底を尽きて捕まってしまうのも時間の問題だ。

そう考えると早急にセツナを見つけなければならない。

四人はバラバラに行動していたが思いは一致していた。

レオルドの為にも早くセツナを見つけなければ、と。しかし中々上手くはいかない。

どこを探してもセツナが見つからないのだ。

先代皇帝らしき人物は城の中にある塔の一角に幽閉されている事は分かったのだがセツナだけが分からない。その事に四人は焦る一方だ。

こちらの勝利条件は皇帝の身柄を押さえる事だ。レオルドがグレンの注意を引き付けてくれている今が絶好のチャンスなのだが彼女達はその事をすっかり忘れている。

どうにかするには囚《とら》われているというセツナを解放する事で頭が一杯だった。

一度書庫に戻って情報を整理しようかと考える四人だったが、まだ見ていない場所がある。そこは皇帝がいるであろう玉座の間だ。

レオルド達、いわば賊が場内に侵入しているこの状況下では流石《さすが》に誰もいないであろうと予想しているが、もしかするとローゼリンデの予想が正しいのかもしれない。

念のためと四人の思考は一致して玉座の間へと集まる事になった。

「「「「え？」」」」

まさか全員が一斉に玉座の間に集まるとは思いもしなかったので四人は驚きの声を上げてしまう。

「まさか、みんなここに来るなんてね」

「ええ、思いもしませんでした」

「まあ、ないとは思うけど……ここしか残ってないしね」

「はい。レオルド様のおかげで兵士達はほとんどが持ち場を離れてくれていましたから」

モニカ、マリン、ミナミ、カレンの順で思いを口にする。

レオルドのおかげというカレンの言葉に、ほかの三人がクスリと笑みをこぼす。

窮地に陥っているレオルドの事を思えば笑ってはいられないのだが、どうしても我慢が出来なかった。

側にいてもいなくても頼りになる御方《おかた》だと四人は心が弾む。

「ゴホン。では、行きますよ」

咳払《せきばら》いをして心を切り替えたモニカに続き、他の三人も気持ちを切り替える。

四人は隠れながら進んでセツナを探していると、彼女達《たち》の目に映ったのはアークライトを足蹴にしている皇帝《アトムース》の姿であった。

この状況下においても、皇帝は玉座の間から離れていなかったのだ。

地に這《は》いつくばっているアークライトを皇帝は蹴ったり踏んだりして笑っている。

「はははは！　やはり、お前は俺の予想通りの動きをしてくれる！」

「う、く……。僕が裏切ると最初から予想していたのですか？」

「ああ。どこかのタイミングで裏切るだろうとは予想していたさ。そうでもなければ誰が貴様なんぞを側に置くものか！」

「く……！」

「しかしまあ、侵入者《ねずみ》を手助けするとはな。そんなに婚約者が大切か？」

「当たり前です。彼女は僕にとって掛け替えのない女《ひと》だ！　彼女の為なら僕はなんだってする！　この命すら惜しくはない！」

「ふはははは！　威勢がいいのは構わんが、何もできておらんぞ？　頼みの侵入者も今頃グレンに焼かれているだろうよ。それに侵入者が頼りにしようとしていたセツナは私のもとにいる。まあ、言う事を聞かないから拘束はしているがな」

「この卑怯者《ひきょうもの》め……！」

「そう褒めてくれるな！　ははははははは！」

アトムースはアークライトが裏切る事を予想していたらしく、セツナを地下牢《ちかろう》からひっそりと移動させていたのである。

まんまと騙《だま》されてしまったアークライトはアトムースに裏切り者扱いされ、酷《ひど》い仕打ちを受けており、ボロ雑巾のように地面に這いつくばっていた。

「今なら皇帝の捕縛も暗殺も可能なのでは？」

「そう思えますね」

「でも、見るからに性格悪そうだから対策してるんじゃないかしら？」

「でしたら、先にセツナを救出しませんか？」

カレンの一言によりアトムースよりもセツナの救出を最優先する事になった。

出来ればアークライトにはもう少しアトムースを引き付けて欲しいと願う四人。

アトムースがアークライトを足蹴にしている横で彼女達はセツナを探し回る。

玉座の間はアトムースを守る為《ため》に多くの兵士が控えており、守りは厳重であった。

彼らに見つからないように四人は身を潜めながらセツナを探す。

すると、玉座の後ろ側に鎖で縛られている女性がいるのを見つける。

四人は鎖で拘束されている女性こそがセツナだろうと確信した。

ただ、どうやって彼女を解放するかが問題だ。

セツナがいる場所は玉座の裏側ではあるが、人目を避けては通れない場所だ。

そんな場所にどうやって誰にも見つかることなく辿《たど》りつき、彼女を解放するか。

「一度戻って二人と合流しましょうか」

セツナを見つける事は出来たが助け出す事は出来ないと諦めた四人は、一度書庫に戻る事にした。

少なくともジークフリートが加われば戦力が上がるのは間違いない。

ただ一つ。二人にセツナの事を教えればどのような事になるか。

それを想像すると四人は不安で仕方がなかったが、他に手はないと諦めるしかなった。

四人は書庫へと戻り、セツナが囚われている場所を二人に説明した。

「ロゼの読みどおりだったなら、すぐに行ったほうがいいんじゃないか？　今ならレオルドが炎帝を引き付けてくれてるから、俺達でも何とかなると思う」

「ですが、我々の見た限りでは玉座の間には屈強な兵士が何十人といました。この戦力では厳しいかと……」

モニカとジークフリートの会話を聞いている最中、カレンは妙に引っかかりを覚えた。

自分は何か大切な事を見落としているのではないだろうかと首を捻《ひね》る。

後少しで思い出せそうで思い出せないカレンは悶々《もんもん》としており、小さく唸《うな》っていた。

「なら、俺が囮《おとり》になる。俺が正面から玉座の間に行って暴れるから、他の皆はセツナを助けてくれ。そうすれば俺達の勝利だろう？」

ジークフリートの勝利という単語を聞いた瞬間、カレンの脳裏に電流が迸《ほとばし》り、ついに当初の目的を思い出したのである。

「あ、あの！」

突然、カレンが大きな声を出して全員の注目が彼女に集まる。

「その……セツナさんの救出は置いておいて皇帝を取り押さえればいいのではないでしょうか？　私達の勝利条件は皇帝の身柄を押さえる事ですから、レオルド様がグレンを引き付けてくれている今がチャンスだと思うんですけど……」

カレンの話を聞いて、稲妻に打たれたような衝撃がモニカ達の全身に走った。

言われてみればその通りだ。セツナを救出する事に夢中になっていて、当初の目的を忘れていた。今回の勝利条件は皇帝を取り押さえる事。

セツナはグレンと戦う為に救出を目論《もくろ》んだが、レオルドが一人でグレンを引き付けてくれているおかげで最大の障壁はクリアされている。

それなら、セツナを救出せずとも皇帝を取り押さえればいい。

一刻の猶予もない。レオルドがグレンを引き付けている間に皇帝を取り押さえるべく、モニカ達は書庫を飛び出し、玉座の間へ向かおうとするもローゼリンデに止められる。

「待って！　お願い、セツナを助けて欲しいの……」

「何を言っているのですか。グレンのいない今が皇帝を取り押さえる絶好のチャンスなのですよ。セツナの事は後回しでも問題ありません」

「それはそうだけど……！　でも、セツナは私を帝都から逃がしてくれたの！　どうか助けてあげてほしい。報酬なら出すわ！　だから、お願い！」

ローゼリンデにとってセツナは命の恩人とも呼べる存在。

セツナを見捨てる事は出来ないとローゼリンデは悲しそうに俯《うつむ》いていた。

「優先すべきは皇帝の身柄を押さえる事です。ローゼリンデ殿下、私達は王国の人間です。どうか、ご了承くださいませ」

モニカの言葉を聞いてローゼリンデは顔を上げるも、彼女の言っている事は正しい。

物事には優先順位がある。モニカ達にとって最優先されるのは皇帝を取り押さえる事だ。

ローゼリンデには申し訳ないがモニカ達はセツナの救出を後回しにしようと決めたのだが――

「待ってくれ。ここまで来れたのはロゼのおかげなのは皆も知ってるだろ？　そのロゼを助けてくれたセツナは俺達にとっても恩人じゃないのか？　だったら、助けるべきだ。見捨てていいわけがない！」

「ジーク……」

「何を言っているのですか！　私達はセツナを見捨てるなど一言も――」

「もし、皇帝をすぐに取り押さえる事が出来ずに人質にされたりでもしたらどうする？」

「その時は……………見捨てるまでです」

モニカ達にとってセツナは赤の他人。人質としての効果は発揮しない。

酷な話ではあるがセツナに死なれても皇帝さえ取り押さえれば勝ちなのだ。

「じゃあ、やっぱり助けないとな」

「なっ⁉　今がどういう状況か分かって言っているのですか！」

「分かってる！　でも、セツナを見捨てる事は出来ない。受けた恩は返すべきだろう」

「こ、この……ッ！」

緊迫した状況の中でジークフリートは己の意見を曲げない。

人間としては高潔であるが、王国の騎士としては失格だ。

モニカは今すぐに目の前にいるジークフリートの頬を引っ叩《ぱた》こうとしたが寸前で止《や》める。

今は時間を無駄にしている場合ではない。

それに癪《しゃく》だが、ジークフリートはレオルドが認める実力者である。

そのジークフリートが作戦を放棄すれば全てが水の泡だ。

「万が一、レオルドが負けてもセツナが味方になれば勝てる可能性も出てくるしな」

余計な一言であった。

セツナを助ける事に関しては目を瞑《つぶ》っても良かったが、たとえ話でもレオルドが負けるという言葉を聞いたカレンは静かにキレた。

即座に床を蹴り、ジークフリートの心臓目掛けて手刀を伸ばし、主君を愚弄した罪を償わせようとカレンは無表情で踏み込んだ。

しかし、カレンの手刀はマリンとミナミによって阻まれる。彼女達はカレンの雰囲気が変わったのを察して、即座に動いていた。

その結果、ジークフリートは間一髪のところで命を救われる。

「次にレオルド様を侮辱すれば、何があっても絶対に殺す。その事を決して忘れないで」

背筋が凍るような冷たい目でジークフリートを睨《にら》みつけるカレンは踵《きびす》を返した。

冷や汗を流し、離れていくカレンの背中を唖然《あぜん》とした目で見つめるジークフリートにマリンとミナミが忠告をする。

「気をつけてくださいね。次は私達でも止められませんよ」

「良かったね〜。こんなところで戦死しなくて済んで」

二人からの忠告を聞いてジークフリートは何度も大きく首を縦に振った。

雰囲気を変えるようにモニカがパンと手を叩《たた》いて音を鳴らし、中断した話を再開させる。

「話を戻しましょう。ローゼリンデ殿下はセツナを救いたい。そのお気持ちは変わりありませんね？」

先程の光景に呆然《ぼうぜん》としていたローゼリンデはモニカに声を掛けられ、我に返る。

「え、ええ。当然よ」

「分かりました。では、チームを分けましょう。私とローゼリンデ殿下の二人でセツナを助け出し、マリンとミナミにカレンの三人は皇帝の身柄を押さえる。そしてジークフリート、貴方《あなた》には囮として奮闘してもらいます」

最大限の譲歩であった。これ以上は無理であるとモニカは目で訴える。

ローゼリンデもモニカの気持ちを理解し、それ以上反論する事はなく、首を縦に振った。

「分かったわ。それでいい」

「では、早速玉座の間に向かいましょう。これ以上時間を無駄にするわけにはいきませんからね。ジークフリート、いつまでも呆《ほう》けてないでさっさと動きなさい」

「あ、ああ！　分かった！　すぐに行こう！」

モニカに活を入れられ、ジークフリートは動き出した。

「ジーク。死なないでね……」

死地に向かう想い人《おもびと》を心配して、ジークフリートに寄り添うローゼリンデ。

ローゼリンデにジークフリートは微笑《ほほえ》み、自分は大丈夫だと優しく頭を撫《な》でる。

「大丈夫だ、ロゼ。心配するなって」

こんな時に何をしているのかと、その様子を眺めていたモニカ達《たち》はドン引きだが、二人は自分達の世界に浸っており気付いてない。

もしもここにレオルドがいれば、流石《さすが》はエロゲの主人公だ、やる事が違うと色んな意味で褒めていたかもしれない。

ようやく自分達の世界から戻ってきた二人を加え、モニカ達は書庫から移動する。

先頭をジークフリートが走り、六人で玉座の間を目指した。

道中、兵士に見つかる事なく玉座の間へと辿り着いた一行はジークフリートを残して別の場所から玉座の間へ侵入。

一人残ったジークフリートは大きく深呼吸をし、緊張をほぐすように首を鳴らした。

そして、玉座の間へ続く大きな扉を見て両頬を叩き、気合を入れる。

「よし！　やるか！」

気合充分とジークフリートは意気込み、扉を力一杯押し開けた。

玉座の間では皇帝《アトムース》が玉座にふんぞり返っていた。

その傍らには、服は汚れ顔から血を流しているアークライトが横たわっている。

玉座にふんぞり返ったままアトムースは開かれた扉に目を向けた。

やっと、グレンが帰ってきたのかと思ったアトムースの視線の先に立っていたのは、見た事もない赤い髪をした青年《ジークフリート》であった。

「何者だ、貴様は！」

その男にアトムースは怒鳴り声を上げる。

「俺はジークフリート！　ジークフリート・ゼクシアだ！」

何者だと聞かれたら答えるのが礼儀と言わんばかりにジークフリートは律儀に名乗った。

「ふん。聞いた事もない名前だな。おい、兵士達はなにをやっている！　こいつも侵入者だ！　さっさと捕らえろ！」

アトムースは案山子《かかし》になっていた兵士達にジークフリートを捕らえるよう命令を下す。

命令を受けた兵士達がゾロゾロと動き出し、ジークフリートを囲んだ。

囲まれたジークフリートは左右を見回し、ほとんどの兵士が自分に引き付けられている事を確認して、ほくそ笑む。作戦が上手《うま》くいった、と。

ジークフリートは周囲にいる兵士に向かって魔法を放ち、少しでも長く自分に視線が集中するように大声を出しながら暴れ回る。

「うおおおおおおお！！！」

玉座の間でジークフリートが暴れ始めたのを確認したモニカとローゼリンデはこっそりとセツナのもとへ移動を始めた。

天井裏を使ってセツナが捕らわれている玉座の裏側まで辿り着いたモニカは器用に音を

立てないよう飛び降りる。

玉座の間にいるほとんどの人間は暴れ回るジークフリートに釘付《くぎづ》けになっているので、見つかることなく簡単にセツナの拘束を解く事が出来た。

セツナが解放され、天井にいたローゼリンデは歓喜のあまり、合図を待つことなく飛び降りて彼女に抱き着いた。

「無事でよかった。セツナ……」

「ありがとう。これであの馬鹿をぶっ飛ばせるって言いたいけど、皇帝は宝物庫から取り出した遺物を身につけてるから、ちょっと厳しい」

拘束が解けたセツナはやっとアトムースに仕返しが出来ると喜んだが、仕返しするには皇帝が帝国の宝物庫から持ち出した古代の遺物が邪魔であると言った。

それを聞いたモニカはアトムースに飛び掛かろうとしている三人に目を向ける。

アトムースが古代の遺物で防御を固めているとは知らずに、カレン達は天井から皇帝に向かって飛び降りた。

「「「きゃあッ！！！」」」

だが目に見えない壁に阻まれてしまった三人は吹き飛ばされる。

悲鳴を聞いたアトムースは何事かと顔を向けると、そこにはカレン達が倒れていた。

「ほう。まだ侵入者がいたか」

カレン達を一瞥《いちべつ》するアトムースは勝ち誇ったように笑みを零《こぼ》す。

「くっくっく。勝ったつもりでいたか？　残念だったな。私の周りには不可視の結界が張られている。お前達ではどう足掻《あが》いても壊せまい」

相当な自信があるようで、だからこそグレンをみずからの側《そば》から離したのだろう。

悔しそうにカレン達は歯を噛《か》み締め、忌々しそうな目でアトムースを睨みつけた。

カレン達がアトムースの身柄を取り押さえる事に失敗したが、セツナを救出する事には成功しており、味方にする事が出来た。

状況的には完全にこちらが有利であり、モニカはセツナを連れてアトムースの前に出る。

「何ッ!?　まだ侵入者がいたのか！　セツナを解放するとは小癪《こしゃく》な真似《まね》を！」

グレンと違ってセツナは操り人形ではないため、アトムースは非常に焦っていた。

いくら、防御用の遺物があるとはいえ、セツナが相手となると油断は出来ない。

いつの間にか、体勢を立て直したカレン達も加わり、アトムースは窮地に追い込まれる。

「くそ！　グレンは何をしているんだ！　まだ、戻ってこないのか！」

苛立《いらだ》つアトムースは怒りにワナワナと震え、玉座の肘置きを強く叩いた。

取り乱しているアトムースの姿を見てアークライトはざまあみろと鼻で笑う。

「ふっ……」

当然、側にいたアトムースが聞き逃すはずがない。

鼻で笑われた事に怒りを感じ、アトムースは倒れているアークライトの顔面を思い切り蹴り飛ばし、大量の唾を飛ばしながら怒鳴り散らした。

「何がおかしい！　言ってみろ！！！」

アトムースは収まらない怒りを抱きつつ何も答えようとしないアークライトに近付き、その髪を摑《つか》んでグイッと持ち上げる。

「おい、早く答えろ。何がそんなにおかしいんだ？」

「ふ、ふふふ。ようやく貴方の困った顔が拝めた」

「き、貴様！　このっ！」

摑んでいた髪を引っ張りアトムースはアークライトを勢いよく床に叩き付けた。

怒りが収まらないアトムースは荒い呼吸を繰り返して肩を上下に揺らす。

その様子に戸惑っていたモニカ達だったが目的を思い出し、アトムースに詰め寄る。

「く……！　おい、誰でもいいから私を助けろ！」

そう言われても兵士達はジークフリートの相手で手一杯だ。

それにセツナが敵にいる以上、兵士達がどれだけ束になっても勝ち目はない。

帝国守護神の一人であるセツナ。

氷属性の魔法を操り、次々と敵を凍り漬けにしていく姿は恐怖の象徴だ。

実目麗しいセツナが氷属性の魔法を使えば幻想的な光景が生まれる。誰もがその光景に、まるで時間が止まったかのように思わず魅入ってしまう。ゆえに彼女は永遠のセツナ、と呼ばれていた。

「くっ……！」

味方が一人もいない状況にアトムースは思わず爪を噛む。

このままでは殺されるかもしれないと、身の危険を感じたアトムースは逃げ出そうとするが、何者かに足を掴まれてしまう。

下を見てみるとボロボロになったアークライトが必死になって足首を掴んでいた。

「僕に近付き過ぎましたね。いかに古代の遺物を装備していたとしても、その範囲は限られている。そしてその範囲の中からなら、こうやって貴方を足止めする事が出来る！」

「ええい、離せっ！　この死にぞこないめ！」

アトムースは足にしがみ付いているアークライトを何度も蹴るが、彼は死んでも離すものかとさらに力を込めた。

「貴様、まだそのような力が！」

もたもたしている内にセツナ達に囲まれてしまった。

もう逃げる事は出来ないと悟ったアトムースだったが、そこに思わぬ事態が起こる。

「ぐぅおおおおおおおおお！！！」

獣のような咆哮《ほうこう》を上げながらレオルドが勢い良く玉座の間へ転がり込んできたのだ。

しかも、服装は焼けて破れており、肌が焦げた状態で。

「くそ……！　着替えなんて持ってきてないんだぞ！」

確かにそれも重要だがレオルドはもっと大事な事に気が付いていない。

「ん？　あれ？　ここどこだ？」

ようやくレオルドは自分がどこにやって来たのかを認識する。

周囲を見回すと倒れ伏す兵士、アトムースを囲んでいるカレン達を目の当たりにした。

思わぬ再会に喜びを分かち合いたい所なのだが、それを許してはくれない存在がいる。

レオルドが吹き飛んできた方向からゆっくりと帝国最強の炎帝《グレン》が姿を現す。

グレンの姿を目にしたアトムースは打って変わり、強気に笑い声を上げた。

「はははは！　やはり、天は俺に味方をしたか！　おい、グレン！　この不届き者達を焼き尽くせ！」

隷属の首輪で操られているグレンは返事こそしなかったが、レオルドからカレン達に標的を変えて炎魔法を放った。

「ふざけんな！　てめえの相手は俺だろうが！！！」

すかさずレオルドがカレン達の前に飛び出し、障壁を張り巡らせて炎を防ぐ。

グレンの炎を障壁で防ぎつつ、レオルドは肩越しにセツナへ助力を求めた。

「セツナ！　手を貸せ！　グレンをここで止める！　ジーク！　お前はカレン達を連れて

アトムースを取り押さえろ！」

セツナは言われてすぐに動き、レオルドの前に氷の盾を作った。

ジークフリートは残っている兵士達を倒し、アトムースのもとへ向かう。

「そっちは大丈夫か!?」

アトムースのもとへ向かう途中、ジークフリートはレオルドの事が心配で声を掛けた。

「誰に言っている！　心配する暇があるならさっさと行け！」

その言葉を聞いてジークフリートは確かにその通りだなと小さく笑った。

「分かった！　こっちは任せてくれ！」

そう言ってジークフリートは、アトムースを取り押さえようと飛び掛かる。

しかし、防御用の遺物に阻まれてしまい、アトムースを取り押さえる事が出来なかった。

アトムースはその隙にアークライトを引き剝がし、グレンとレオルドの脇をすり抜けて、玉座の間から逃げ出した。

逃がしてはならないとジークフリート達もアトムースを追いかけるがグレンによって道を塞がれてしまう、が――

「言ったはずだ！　お前の相手はこの俺だと！」

ジークフリート達の前に立ち塞がるグレンに向かってレオルドは飛び掛かりながら、水魔法《アクアスピア》を放つ。

レオルドとグレンが再びぶつかり、激しい戦いを繰り広げている中、ジークフリート達《たち》はアトムースの後を追いかけ、玉座の間から姿を消した。

玉座の間に残ったのはセツナとレオルドとグレンの三人のみ。

一応、気絶した兵士達もいるが三者が意識しているのは目の前の相手だけだ。

それ以外は最早《もはや》眼中にないし、瞳に映ってすらいない。

「セツナ。一つ聞きたいがお前はグレンに勝てるか？」

「ごめん。無理。多分、良い勝負は出来ると思うけど勝てないと思う」

「そうか。まあ、ここで自信満々に勝てるとか言われたら、それはそれで不安なんだけどな！　だが、正直に言ってくれたのはありがたい！　ここが天王山だ！　さあ、覚悟しろよ、炎帝グレン！　二対一を卑怯《ひきょう》とは言ってくれるなよ！」

逃げ回っていたレオルドはセツナが加わった今が勝負所だと覚悟を決めて本気を見せる。

闘技大会で見せた雷の剣《トニトルギス》を背中に背負いレオルドはグレンに立ち向かう。

「凄《すご》い……！　誰かは分からないけど貴方《あなた》とならグレン様も倒せる！」

レオルドの事を全く知らないセツナだが、彼が見せる本気の姿に興奮した。

雷の剣を背に展開したレオルドは床を踏み砕いて、一気にグレンとの距離を縮めた。

雷の剣を器用に操作し、レオルドは果敢に攻める。

雷の剣が自由自在に宙を舞い、レオルドが拳を突き出せば、呼応するようにグレンへ向かって振り下ろされる。

グレンは雷の剣にも意識を割きながら、徒手空拳でも攻めるレオルドの攻撃を防ぎ、捌《さば》いていく。

そして当然、忘れてはならないのがセツナの存在だ。

彼女はレオルドの援護をするように立ち回り、時には援護射撃を放つ。

しかし、流石《さすが》は帝国最強と言われるだけあってグレンは二人の猛攻をものともしない。

烈火の如《ごと》く攻め立てるレオルドはグレンの強さに感服していた。

（セツナと二人掛かりでも碌《ろく》にダメージを与えられない！　ホント、凄い人だよ！）

すかさず、レオルドは身体《からだ》を回転させて回し蹴りをグレンの側頭部目掛けて放つ。

それと同時に反対方向から雷の剣で背中を斬りつける。

グレンはレオルドの蹴りを間一髪で避けると同時に身体を翻し、炎を纏《まと》わせた拳で雷の剣を叩《たた》き落とした。

雷の剣が破壊されるのは想定内だったレオルドは背中を向けたグレンに向かって殴りかかる。完全に直撃すると思われた瞬間、グレンの背面蹴りが炸裂《さくれつ》し、レオルドは吹き飛んだ。

「ぐぶッ……！」

腹部を押さえるレオルドに向かってグレンは炎を放とうとしたが危険を感じ、咄嗟《とっさ》に後ろへ飛んだ。グレンの立っている場所にセツナの放った氷柱が突き刺さったのだ。
「……っ！　ナイスフォローだ、セツナ！」
痛みを堪《こら》えてレオルドはセツナを称賛しつつ、グレンへ距離を詰めた。
数秒ではあるが視線を外したグレンはレオルドの存在に気付くのが一瞬遅れた。
その一瞬の隙を見逃すことなくレオルドは、渾身《こんしん》の一撃を叩き込む。
グレンはその一撃を、両腕を交差させて防いだ。
レオルドは防御の上から容赦なくグレンに向かって何度も拳と蹴りを打ち続ける。
遠目でレオルドとグレンの戦いを見ているセツナは、その光景に息を呑《の》んだ。
（すごい……。あのグレン様と真正面からやりあえる人間がいたなんて……）
しかし、レオルドが拳や蹴りを何度も放っているのに、グレンは倒れる様子がない。
それどころか的確にレオルドの攻撃を捌き、徐々に形勢が逆転し始めている。
セツナは魔法戦を得意としており接近戦は不得意であった。
フォローに入ろうにも二人の距離が近すぎて、下手に手出しすることが出来ない。
このままでは完全に形勢逆転されてしまい、レオルドが危機に瀕《ひん》することになる。
やはり、グレンは恐ろしい相手だとセツナは改めて痛感した。
グレンは帝国問わず、王国、聖教国の誰もが認める強者である。
勿論《もちろん》、王国や聖教国にだって強者はいるが、もしもセツナは誰が世界最強かと聞かれたら、躊躇《ちゆうちよ》なくグレンと答える。

間近でグレンのことを見ていたから、というのもあるが、その戦績が桁外れなのだ。

グレンが成し遂げた、単独でのモンスターパレード制圧という歴史的偉業。

モンスターパレードは到底一人で止められるものではない。

軍隊のように統率の取れた魔物が集団で押し寄せてくるのだ。

そんなものをたった一人で止めようなどとはまず考えないだろう。

少なくとも国家規模の戦力を集める。

しかし、グレンはたった一人でそれを止めたのだ。

大量に押し寄せてきた魔物を炎で焼き尽くし、辺り一面を焼け野原に変えて。

その光景を知っている者は誰もがグレンこそ最強の炎使いである、と認識している。

セツナは当時の事こそ知らないが話には聞いている。

だからこそ、まだ若く完成もされていないレオルドがグレンと真っ向から戦えていることに対し、賞賛を送ったのだ。

（でも……ダメ。まだ。届かない）

まさにその通りであり、猛攻を仕掛けているのに傷ついているのはレオルドの方なのだ。

（やっぱり、グレン様は強い……！　彼も強いけど、グレン様は次元が違うっ！）

「るぅぅあああああああああ！！！！」

咆哮を上げるレオルドの速度が増した。

先程よりもさらに速度を上げて、拳を、蹴りを魔法を放つ。

しかし、どれだけレオルドが速度を上げようともグレンには一切攻撃が当たらない。

それなのに、グレンの攻撃は的確にレオルドへ当たる。

「づっぅ！！！」

グレンの拳が当たるたびにレオルドは小さな悲鳴を漏らしている。

（くそ！　分かっていたけど強い！　それに炎のせいで火傷《やけど》も負う！）

分かっていてもどうすることも出来ないレオルドは、とにかくグレンの攻撃を避けるしかなかった。

運命48《ゲーム》でもグレンと近接戦闘を行うと必ず火傷を負うことになる。

これはグレンが先代皇帝から授与された古代の遺物が理由である。

グレンの装備はほとんどが火にまつわるもので、服やマントには熱耐性が備わっている。

そして、手袋に至っては古代の遺物、劫火の拳《イグニス・フィスト》と呼ばれる炎魔法を纏う事が出来る代物が装備されている。

だから、グレンはどれだけ炎魔法を使おうと自身に危害が及ぶ事はない。

そして、近付いて劫火の拳で相手を殴れば必ず火傷を負わせることが出来る。

そのせいでグレンと戦闘すれば火傷のスリップダメージを受ける事になる。

それが現実となると、それはもう堪《たま》らない。常に火傷の痛みに耐えなければならないのだから。

（あぁっ！　クソ！　想定した以上だよ、くそったれが！）

心の中で盛大に悪態を吐《つ》きつつ、レオルドはグレンから距離を取る。

元々、ボロボロだった服は先程の戦闘で完全に焼けてしまった。

上半身裸のレオルドは所々に火傷を負っており、見ていて痛ましい姿になっている。

（少しは良い勝負が出来ると思ったんだがな……）

セツナが味方になったことでレオルドは少し調子に乗ってしまっていた。

今の自分ならグレンと真正面から戦えると、勘違いしてしまった結果がこれである。

「セツナ！　魔法戦に切り替える！」

「分かった。そっちなら得意だから任せて」

接近戦では不利であると判断したレオルドは魔法を主体とする戦闘に切り替える。

セツナにもその意向を伝えてレオルドは魔力を練った。

魔力を練り上げたレオルドは床を思い切り踏みつける。

すると、踏みつけた足元から土の棘《とげ》が発生してグレンに迫った。

どのようにして土の棘を避けるのかレオルドは見逃さないよう集中するも、グレンは拳に炎を纏わせ一振りしただけで、土の棘をあっさりと粉砕した。

「はあっ!?」

避けるか、防ぐかと予想していたレオルドはグレンの行動に思わず戸惑いの声を上げてしまい、苛立《いらだ》ちを覚える。

(ふ、ふざけんな！　さっきのはそう簡単に壊せるようなものじゃないんだぞ！)

レオルドが先程グレンに放った魔法は土魔法のソルスピーナ、地面から土で出来た棘が敵を襲う魔法である。

勿論、そう簡単に壊されるような魔法ではない。

そもそも魔法で固められた土の棘を壊せるような人間などそうそういない。

しかもたったの一振りで。もはや、怪物でしかない。

「ダメ！　気を取られちゃ！」

「ッッッ！！！」

ソルスピーナがグレンに粉砕されて、レオルドは僅かな時間その事に気を取られていた。

その隙をグレンが見逃すはずもなく、レオルドに炎を放つ。

業火に呑み込まれる寸前の所で、セツナが氷の大盾を作ってレオルドを炎から守った。

間一髪のところをセツナに守られ、レオルドはホッと息を吐いて礼を述べる。

「すまん。助かった」

「もう分かってると思うけどグレン様には生半可な魔法は通じない。だから、油断しないでね。次は守れるか分からないから」

「ああ。十分分かった」

セツナに注意されてレオルドは改めて気を引き締める。

グレン相手には一切気を抜けない。二度目は――ない。

(ふう……。使うか)

一度冷静になったレオルドは今まで使わなかった魔力共有を使う事にした。

元々レオルドは自前の魔力量が一般の魔法使《つか》いよりも遥《はる》かに上だ。

そこに加えて魔力共有というスキルを活《い》かして、運命48《ゲーム》でラスボスにまで登り詰めた男なのだ。運命48ならば悲運の死を遂げるレオルドだが、ここでは違う。

運命に抗《あらが》い続け、逆境を跳《は》ね除《の》けようと努力を続けた。その結果が今である。

ゼアトの領主となり、多くの民に慕われているおかげでゼアトの非戦闘員と魔力共有を施しているレオルドは、魔力量だけならば世界一である。

莫大《ばくだい》な魔力量を誇るレオルドは惜しみもなく魔法を展開していく。

「数の力を思い知るがいい!」

レオルドは魔力共有について色々と試していた。

普段から魔力共有していれば勝手に魔力を他人から拝借してしまうのだが、意識すれば操作が出来る事が判明している。

だから、レオルドはひたすらに魔力共有の操作を覚えた。

そのおかげで魔力共有の出来る上限が増えた上に、オンオフする事も可能となり、自分の魔力と魔力共有している魔力の使い分けを用意に行えるようになっていた。

そして今、レオルドは魔力共有で膨大な魔力を使い、「ゴリ押し戦法」へと移行する。

「ライトニングブラスター！！！」

極大の閃光《せんこう》といえる電撃砲がレオルドの手から発射される。

真《ま》っ直《す》ぐに飛んでいき、直撃するかに思われたがグレンも負けじと灼熱《しゃくねつ》の閃光を放ってライトニングブラスターを掻《か》き消した。

魔力量だけならレオルドのほうが圧倒的に上ではあるのだが、それだけで勝敗が決まる世界ではない。

確かに魔力量が多ければ多いほど有利な事は間違いない。

しかし、結局は使い手次第で変わる。

膨大な魔力を持っていても、上手《うま》く魔法を扱えなければ宝の持ち腐れ。

その事をレオルドも理解はしているが、まだまだ十全に魔法を扱うことは出来ていない。

（だったら、やる事は決まってるよな～）

魔力が豊富にあり、セツナという心強い味方までいる。

なら、自分のすべき事は決まっているとレオルドはセツナに目を向ける。

「セツナ！　俺が攪乱《かくらん》するから、お前は特大の一撃を頼む！」

「分かった。任せて！」

言うが早いか、レオルドは縦横無尽に駆け回り魔法を連発していく。

雷、土、水属性の三つの魔法を巧みに使い分けてレオルドはグレンの注意を引き付ける。

土魔法で足元を崩し、水魔法で濡《ぬ》らして、雷魔法で痺《しび》れさせるといった戦法でレオルドはグレンを攻めるが、一向に倒れる気配はない。

(ああ、くっそ！　全部防がれる！　こっちがどんだけ魔法を撃っても予測してたのかっていうくらい防がれる！)

レオルドが悪いわけではないのだが、グレンは長年の戦闘経験から相手の行動をある程度までなら先読み出来る。

それゆえにレオルドの行動は予測されてしまい、中々攻撃が当たらない。

(だが、それでも構わん！　セツナが決めてくれるならそれでいい！)

自分はサポートに徹すればいいと考えているレオルドは、とにかくセツナの為《ため》に時間を稼ぎ、惜しみなく魔力を消費して魔法を撃ち続ける。

「悠久の刻《とき》を経て尚融《なおと》けず、無垢《むく》なる氷は穢《けが》れを知らぬ。永久の眠りに就き給《たま》え、刹那の狭間《はざま》に閉ざされるがいい！」

レオルドの耳に届いたのはセツナの詠唱。気付けば吐く息は白に染まっている。

白い息を吐きながらセツナに目を向けると詠唱が完了しており、後は放つだけとなっていた。レオルドはグレンをその場から動けないように魔法を撃ってから、急いで避難する。

セツナはレオルドが射程範囲内から離れたのを確認して、最大の一撃を放つ。

「白銀の氷結神話《シルバーフリージング・ミソロジー》！！！」

刹那、世界が凍りついた。

眼前に広がる光景は何もかもが凍りついた白銀の世界。

「ふう……」

自身が放てる最高の魔法を放ったセツナは一息吐いた。

流石《さすが》に魔力を使いすぎたようで、その額には玉のような汗が浮かんでいた。

「凄《すご》いな……」

レオルドは目の前の光景に圧倒されながらも、セツナのもとへ駆け寄り声を掛ける。

「大丈夫か？」

「ん、平気。少し張り切っただけだから」

「そうか。だが、無理はするな。手を出せ」

いきなり手を出せと言われて首を傾《かし》げるセツナだが、悪意も感じないので彼女は素直に応じた。

「……少しは疑った方がいいと思うぞ？」

「どうして？　貴方《あなた》からは悪意も下心も感じないよ？」

その通りなのだが、何か釈然としないレオルドは無言でセツナの手を握った。

「何するの？」

「俺のスキルは魔力共有だ。だから、お前と魔力を共有する。今の俺はゼアトの非戦闘員と魔力共有をしているから膨大な魔力を持っている」

「でも、私とまで共有したら余裕がなくならない？」

「問題ない。俺自身の魔力もまだ余裕がある。それよりもお前に魔力切れで退場でもされる方が俺にとっては痛手だ」

「それなら、お言葉に甘えて」

早速、レオルドはセツナと魔力共有を行った。手を繋《つな》ぐだけの簡単作業である。

エロゲの世界だというのになんとも陳腐な方法だ。

どうせなら、身体《からだ》を重ねればいいのにと思うがそういう仕様なので仕方がない。

「……まだ終わらんか。来るぞ、セツナ」

「準備は出来てる」

セツナの魔法によって凍り付いていた世界は、ジュウジュウという音と共に溶けて、消えて、元に戻りつつある。それはつまり、グレンが無事であるということ。

そして凍り付けになっていたはずのグレンが、ゆっくりと一歩を踏み出した。

「ちっ！　さっきので終わっておけばいいものを！」

「やっぱり、グレン様は強い……！」

「感心している場合か！　行くぞ、セツナ！」

「うん！」

掛け声を出してレオルドは得意の水魔法《アクアスピア》を繰り出す。

それと同時にセツナも氷魔法《アイスニードル》を放った。

二人が放った水の槍と氷柱が一斉にグレンへ襲い掛かる。

水の槍《やり》と氷柱がグレンを貫かんとするが、直前で二つの魔法は煙のように消えてしまう。

「蒸発させたのか！」

「まだ！　あの程度はグレン様なら朝飯前！　だから、続けて！」

「ああ、そうだったな！」

しかし、二人が魔法を放とうとした時、突如として足場が溶けてしまう。

もっと正確に言えば、二人の足元が溶岩へと変わったのだ。

「土と火の複合か！！！」

グレンは火と土の二つの属性を操る事が出来る。

その二つを掛け合わせた溶岩魔法はグレンの得意技だ。

「セツナ！」

「任せて！」

溶岩に変わった足元を飛んで避けた二人は、空中で息を合わせたかのように水魔法と氷魔法を掛け合わせて足元の溶岩をかき消した。

しかし、着地した瞬間をグレンは狙っていた。

着地すると同時にレオルドの眼前にグレンが迫る。

劫火の拳《イグニス・フィスト》に炎魔法を纏《まと》わせたグレンの拳がレオルドに打ち込まれる。

「くうっ！！！」

障壁を張り、両腕を交差して拳を防いだがグレンの拳は障壁を打ち破りレオルドの腕へと当たった。

ジュウッと皮膚の焼ける嫌な音が聞こえ、レオルドは苦痛に顔を歪《ゆが》めながら吹き飛んだ。

「ぐ……くそ！」

数メートルほど吹き飛ばされたレオルドはすぐに体勢を整えた。

すでにグレンは、標的をレオルドからセツナに変えている。

「はあっ！！！」

自分の方に向かってくるグレンに向けてセツナは氷魔法を放つ。

セツナに近付くグレンは飛んでくる氷魔法を自身の炎魔法で打ち消している。

少しでも距離を取ろうとセツナは後ろに飛ぶも、すでにグレンは彼女の懐へ飛び込んでおり、目の前にまで迫っていた。

「っ！」

灼熱の拳がセツナに触れるか触れないかの瀬戸際で、飛び込んできたのはレオルドだ。

「やらせん！」

障壁を張り、自身の体を盾にするレオルドは、そのままグレンに殴り飛ばされる。

その後ろにいたセツナも巻き込まれてしまい、一緒に吹き飛ばされた。

「がっ……！」

「うぅ……っ！」

ダメージが少なく済んだセツナは腕の中にいるレオルドに声を掛ける。

「大丈夫!?」

「問題ない。と言いたいがさすがに何度も受けすぎた。火傷《やけど》が酷《ひど》い」

そう言うレオルドの腕は赤々と染まっており、非常に痛々しいものとなっていた。

それを見たセツナは、レオルドの腕を氷魔法で冷やして応急処置を施す。

「ごめんなさい。私にはこれくらいしか出来ない」

火傷で激痛を感じていた腕から、痛みがなくなっていくのを感じたレオルドはセツナへ不敵に笑いかけた。

「ふっ。痛みが消えただけで十分だ！」

「でも、それ以上のダメージを受けるとその腕が……」

「ああ。下手したら切り落とさなければならんな。だが、その前にグレンを倒せばいい！

まだまだこれからだぞ！」

立ち上がるレオルドのもとへグレンが迫る。

炎を纏わせた灼熱の拳がレオルドに向けられた。

対するレオルドは拳を握りしめて、灼熱の炎を纏っているグレンの拳にぶつけ合わせる。

自殺行為に等しいレオルドの行動にセツナは驚いてしまう。

「そんなことしたら、貴方の腕が！」

「あああああああああああっ！！！」

知った事かと言わんばかりにレオルドは腕を振り抜いてグレンを後退させる。

「うそ……」

信じられない光景にセツナは息を呑《の》む。

「舐《な》めるなよ、グレン。格下だと思っていると火傷するぜ？」

グレンの拳に触れたせいで火傷を負ってしまったレオルドは、まるで痛みを感じていないようニヤリと口角を吊り上げた。

決め台詞《ぜりふ》を告げた後、レオルドはグレンに向かって踏み込んだ。

内心痛がっているのを悟られないよう歯を食いしばりながらレオルドは、グレンに向

かって拳を打ち込む。

「ふんッ!」

ドゴンッと普通に拳を打ち込んだだけでは鳴らないような音が鳴り響く。

「ぐっ……くぅ……!」

グレンの胴体へ叩《たた》き込んだレオルドの拳は寸前で止められていた。

そこからレオルドが押し込もうとしてもビクともしない。

これ以上は意味がないと判断したレオルドは拳を引き戻そうとするがグレンが離さない。

グレンは摑《つか》んでいるレオルドの拳をそのまま焼き尽くそうと炎で包み込む。

尋常ではない熱量にレオルドは喉が張り裂けそうなくらい悲鳴をあげる。

「ぐぅうあああああああああっっっ!!!」

手が燃やされるレオルドはどうにかしてグレンから逃れようと足掻《あが》くが、万力の握力で摑まれ逃げる事が出来ない。

手が完全に燃やされてしまうかとレオルドが思った時、セツナが助けに入る。

氷の礫《つぶて》が襲い掛かり、グレンはレオルドの手を離してそれを防いだ。

その隙にレオルドは自身の手が炭になっていない事を確認してホッと息を吐いた。

(やっぱり、接近戦はダメか。手はなんとか無事だったが、もう使えそうにないな……)

無事ではあったものの手は酷い火傷で、当分は使えそうになかった。

それでも炭にされなかっただけマシである。

「ごめん！　もっと早く助けるべきだった！」

「いや、気にするな。俺が無茶をした結果だ。むしろ、助けてくれてありがとう」

「でも、もう貴方の手は……」

「当分は使えそうにないが、戦えない事はない。まだ、片方残ってるからな」

そう言って笑うレオルドは強がって見せる。

だが、その額には脂汗が滲《にじ》んでいるのをセツナは見逃さなかった。

「貴方がそう言うのなら……」

レオルドが強がっている事に気が付いたセツナは、何か言いたそうな顔をしたが黙っている事にした。

（しかし、不味《まず》いな……。片手はほぼ使い物にならないから接近されると厳しいな。魔法でどうにかしたいところだけど、今の所グレンに傷一つ付けられてないんだよな……）

運命48《ゲーム》でも圧倒的な強さを誇るグレンは現実でも強かった。

改めて現実の厳しさを思い知らされたレオルドはどうするべきかと頭を悩ませる。

「今度は私が前に出る」

悩むレオルドにセツナはそう主張した。

「セツナ。お前は接近戦が苦手だろう？　今までと一緒で俺は構わんぞ」

「それは今の貴方も同じでしょ？」

そう言われると弱いレオルドだが、少なくともセツナよりは接近戦に強い。

「む。確かにそうだが、俺はまだ片腕と両足がある。だから、問題ない」

「ダメ。それ以上無茶を続けると、勝ったとしても貴方は無事じゃ済まない」

心配してくれるセツナにレオルドはキョトンとした顔になる。

しばらくしてレオルドは、笑いがこみ上げてくるのを我慢できなかった。

「ふ、くくく。そうか。そういう事なら、お前に任せよう」

「うん。任せて……なんで笑ったか分からないけど」

「なんで笑ったか……か。ただなんとなくだ。でも、強いて言うならば、誰かに本気で心配されたのが嬉《うれ》しかったのかもしれんな。――さあ話は終わりだ。そろそろグレンにも一発キツイのをお見舞いしてやろうか！」

「うん！　援護よろしくね！」

セツナを前にしてレオルドが後ろへ下がる。

二人は昔から長年連れ添った相棒のように息を合わせてグレンへ魔法を放った。

水と氷を掛け合わせた大魔法がグレンを襲う。

流石《さすが》のグレンもそれを打ち消すには今まで以上の火力を要求された。

「まだまだ行くよ！」

「分かった！　任せろ！」

セツナが氷魔法を放ち、レオルドが土魔法や水魔法で援護する。

セツナの強力な氷魔法にレオルドの巧みな援護で、苦戦を強いられるグレンは初めて掠《かす》り傷《きず》を負った。

たかが掠り傷一つではあるが二人にとっては、やっと付けることが出来た掠り傷だ。

その事に気が付いた二人はこれならいけると確信する。

「どんどん行くよ！」

「ああ！　どんどんかませ！　俺が援護する！」

二人の息がどんどん合わさっていき、劣勢を強いられるグレンは小さい傷が少しずつ増えていく。

魔力共有を施している二人の魔力は莫大《ばくだい》な量を誇っているので、このまま攻め続ければ恐らくグレンを倒しきれるだろう。

だが、帝国最強と呼ばれる炎帝がそう甘くはないことを二人は知る事になる。

二人の猛攻にグレンが切り札を発動させた。陽炎《かげろう》が立ち昇り、二人の魔法を燃やし尽くし、完全に消し去ったのである。

「アレは、煉獄炎装《れんごくえんそう》!?」

セツナは驚愕《きょうがく》の声を上げた。

グレンが発動させたのは煉獄炎装という自身が生み出した炎帝たる魔法。

それは炎を身に纏い、最強の矛にも最強の盾にもなる魔法だ。

ただし、欠点もある。

煉獄炎装はその圧倒的な火力により、熱耐性の防具すら焼け焦がし、自傷してしまう。

ごく僅かな時間しか使えないという重大な欠陥が存在するのだ。

しかし、それでも煉獄炎装は非常に強力な魔法だ。

生半可な魔法では炎の鎧《よろい》に阻まれ、煉獄炎装を発動したグレンの攻撃を受ければ灼熱《しゃくねつ》の炎で焼かれる。そう、今のグレンは無敵の存在と化したのだ。

煉獄炎装を発動させたグレンは劣勢から逆転して優勢の立場へと変化。

そして、グレンが煉獄炎装を発動させた事を知ったレオルドはと言うと、目の前の光景に場違いながらも興奮していた。

(す、すげえ……。アレがグレンの最終形態か。ゲームでも見たことあるけど実物はもっと凄《すご》いな。でも、煉獄炎装を発動させたって事は魔力か体力が限界に近い証拠だな!)

追い詰められている事を見抜いたレオルドは、みずからに喝を入れる。

ゲームではグレンの残り体力が四割を切ると、煉獄炎装を発動してくる。

攻撃力と防御力が大幅に上昇して並大抵の攻撃は通じなくなるなどの凶悪なものになるが、グレン自身も煉獄炎装のせいで自傷ダメージを負う事になる。

放って置けば自滅するように思えるのだが、そう甘くはない。

プレイヤーが逃げようとすればグレンの行動回数が増えたりして追い詰められるので逃げる事は出来ない。

非常に厄介なものだが、この世界はゲームではない。つまり逃げ切る事は可能だ。

とりあえずレオルドは逃走を図ろうと出口を見たが、グレンの炎魔法で生じた炎の壁が玉座の間の入り口を塞ぐ。

ゲームではなかった動きにレオルドは思わず驚いてしまうが、相手が逃げる事をグレンが想定しないわけがない。

（なるほど。退路を断たれたか……。グレンを倒すか、倒されるかの二択しかないわけね）

どこにも逃げ場がないと知ったレオルドは腹を括《くく》る。

「セツナ！　今のグレンを相手にどれだけ時間稼げる？」

「えっ！　えっと……多分、三分。いや、二分が限界」

「そうか。なら、無茶な頼みだが三分だ！　三分だけ、どうにか俺を守ってくれ！」

「何をするつもり……？」

「ありったけを食らわせてやる。俺が今放てる最高の技をグレンに叩き込む」

「勝算は？」

「あるさ。なにせ、これは――」

少し溜《た》めてからレオルドは不敵に笑ってセツナに告げた。

「――対世界最強用《シャルロット》に考案したものだからな」

大層な発言をしたレオルドは目を閉じて魔力を高める事に集中。そしてセツナはレオルドを信じてグレンの足止めに徹する。

魔力共有しているおかげで、いつも以上に魔法を連発出来るセツナだが、煉獄炎装を発動させたグレンは手強《てごわ》い。

しかも、先程はレオルドと二人掛かりでやっとだったと言うのに、今は一人なので余計にだ。

それでも、自分を信じ任せてくれたレオルドの期待に応えるため、セツナは自身の限界以上の実力を発揮した。

「守る！　絶対に！！！」

初対面であるレオルドの為《ため》にどうしてそこまでするのか、理由は至極単純なものであった。

助けられたから助ける。恩には恩を。

それが、セツナがレオルドを守る理由であった。

セツナがグレンを必死で足止めしている中、レオルドはひたすらに魔力を高めていた。

対シャルロット用に考案したという魔法はすこぶる燃費が悪い。

シャルロットは常に魔法障壁と物理障壁を展開しており、ほぼ無敵の存在だ。

しかも、戦闘時になれば障壁はさらに増えてこちらの攻撃が一切通らなくなる。

だから、シャルロットにダメージを与えるには障壁を全て破壊しなければならない。

だが、シャルロットは障壁が破壊されれば即座に修復するので一枚や二枚破壊した所で意味はない。

シャルロットにダメージを与える方法は超高火力による一撃で全ての障壁を同時に貫かなければばならない。

そこでレオルドが考えたのがライトニングブラスターを極限まで強化する事だった。

電撃砲を放つだけのシンプルな魔法ではあるが、その威力、発射速度はレオルドが使える魔法の中では最上位に入る。

まだ上手《うま》く使いこなせていないがゆえに、放つまでに魔力を高め、集中力を増さなければならなかった。

その時間が、三分。

セツナがグレンを抑えている間にレオルドはどんどん魔力を高めていく。

限界を超えたライトニングブラスターを放つ為に、レオルドはさらに集中力を増した。

パリッと音が鳴り、レオルドの身体《からだ》の周りに青白い電気が迸《ほとばし》る。

セツナは背後の方から尋常ではない魔力を感じたが、振り返ることなくグレンの足止めに専念する。

レオルドの言葉は真実であると、セツナは心の底から信じていた。

ならば、自分は言われた通りにグレン相手に三分持ち堪《こた》えればいい。

後は、彼《レオルド》がやってくれる。

レオルドを信じ、セツナもまた己の限界を超えてグレンをたった一人で抑え続けた。

そして、ついにその時が訪れる。

たった三分ではあるが煉獄炎装を身に纏《まと》った最強のグレンを見事にセツナは抑え切った。

所々、炎に焼かれてしまったが無事に仕事を果たせたとセツナは笑みを浮かべる。

「待たせたな」

「ううん。平気。後は任せていい？」

「ああ。少し休んでろ」

「うん。頑張って」

頼りがいのある声が聞こえてセツナは振り返り、覚束《おぼつか》ない足取りでレオルドと交代する。

全身に雷を纏ったかのようにバチバチと閃光《せんこう》が迸っているレオルドは、グレンを指差して口を大きく広げ、城中に響き渡るように叫んだ。

「これが俺の全力だああああああああ！！」

ゴウッとレオルドの手の平から超極太の閃光が放たれる。

凄《すさ》まじい衝撃にレオルドは後ろへ吹き飛びそうになるが、懸命に踏ん張って持ち堪えた。

右腕を支えるように左手で支え、レオルドは脂汗を滲《にじ》ませながらもライトニングブラスター改め、限界を超えた電撃砲《ライトニングブラスター・リミットブレイク》を撃ち放ったのだ。

その超弩級《ちょうどきゅう》の電撃砲は真《ま》っ直《す》ぐにグレンへ向かう。

対するグレンは残った全ての魔力を防御に回して電撃砲を受け止める。

「おおおおおおおおおおおおおおおお！！！」

しかし、レオルドが雄叫《おたけ》びを上げると同時に電撃砲の威力は増した。

踏ん張っていたグレンであったが、セツナとレオルドによって削られた体力、魔力では受け切ることが出来ず、光の濁流に飲み込まれてしまい、跡形もなく消え去った。

そうして残ったのは、その壁に大きな穴を空けた玉座の間。息を切らしているレオルドと、疲労困憊《ひろうこんぱい》で立っているのがやっとのセツナだけであった。

玉座の間に空いた大穴から覗《のぞ》く外の景色を見ながらレオルドはその場に倒れる。

大の字に寝転ぶレオルドは荒い呼吸を続けながら、握り拳を天井に向かって突き出した。

「勝ったぞ……！」

勝利したという実感を摑《つか》むようにギュッと拳を握り締めるレオルドは、天井に向かって突き出していた手をゆっくりと地面に下ろす。

「やったね……！」

そこへセツナが歩み寄りレオルドの勝利を喜んだ。

「ああ。俺達《たち》の勝利だ。ありがとう、セツナ。お前がいなかったら、きっと勝てなかった。本当にお前がいてくれて助かったよ」

「そんなことない。きっと貴方《あなた》だけでもなんとかなってたよ」

「いいや。断言する。俺一人じゃ勝てなかった。それは間違いない」

お互いに譲らないといった風であったが、やがて二人同時に笑い合う。

「これ以上言い合っても意味がないな」

「だね。それよりこれからどうするの？」

「ん？　あー、皇帝がどうなったか気になるからそっちに向かおうか」

「そうだね。そうしようか」

疲労困憊である二人だが幸いにも魔力共有をしているので、まだ魔力には余裕があった。とはいえ、もう一度グレンと戦えと言われたら即座に逃げるほどしか残っていないが。

「ところでグレン様は……やっぱり死んだの？」

「さあな。無我夢中だったからよく分からん。まあ、生きていたとしても流石《さすが》の炎帝も戦える状態ではないだろう」

「それなら、生きてて欲しい。戦いだから死ぬのは当たり前だけど、グレン様は皇帝に操られていただけだから……今回の件も本人の意思じゃなかったし」

セツナの言うとおり、グレンは人質を取られていた上に隷属の首輪で操られていた。

本人が何を思っていたかは不明だが、不毛な最期であることは間違いないだろう。

だからと言ってレオルドは同情も哀れみもない。

最後の場面で情けでもかけていれば死んだのは自分かもしれないのだ。

ならば、情けをかけないのは当然の事。

沈黙するレオルドと、グレンを案ずるセツナ。

二人は皇帝を追いかけていったジークフリート達と合流しようと歩き出した。


時は少し遡り、レオルドとセツナがグレンと戦っている時、逃げるアトムースをジークフリート達が追いかけていた。

道中、アトムースを守ろうと兵士達が道を阻んだが、大したことはなくジークフリート達に呆気《あっけ》なく倒された。

たったの六人。しかも、まだ成人して間もない相手に長年帝国に仕えている兵士が、あっさりと負けるものだからアトムースは余計に腹を立てた。

そもそもグレンが最初から侵入者を片付けておけば、自分が無様に逃げる羽目にはならなかった。

それなのにどうして自分が、惨めに逃げなければならないのだとアトムースは腸《はらわた》が煮えくり返る思いであった。

(くそ! どうして俺がこんな目に!)

胸の内で悪態を吐《つ》くが身から出た錆《さび》である。

侵入者がいることを察知しておきながら、自らの加虐心を満たす為にグレンを一人で侵入者の討伐に行かせた事が最大の失敗である。

万全を期してグレンに数十名の精鋭を付けるべきであった。

そうすれば、レオルド達を確実に全滅させる事が出来ていたであろう。

もっとも、レオルドが死んだとしても彼の残した魔法や兵器が非常に厄介極まりないので、王国と本格的に戦おうとしたら多大な犠牲が出る事は想像に難くない。

下手をすれば圧倒的戦力差を覆されて敗北も有り得る。

惨めな気持ちになりながらも、逃げるアトムースはある場所へと向かう。

兵士達が役に立たないのであれば、別の方法でジークフリート達を撒《ま》くしかない。

帝国が秘密裏に開発していた軍用の魔物をぶつけようとアトムースは考えた。

地下水路でレオルド達を襲ったソルジャーシアンを開発している研究棟に逃げ込んだアトムースは、後ろから追いかけてくるジークフリート達をチラリと肩越しに確認する。

（ふん。追いかけてくるがいい。貴様らの命運もここまでだ！）

ジークフリート達を誘導するようにアトムースは奥へ逃げていく。

逃がしてはならないとジークフリート達はアトムースの後を追いかける。

「あの……これってどこかに誘導されてませんか？」

どうにも怪しいと思ったカレンがモニカへ話しかける。

「多分、罠《わな》を仕掛けてるんだと思う」

「だったら、教えた方が良くないですか？」

「無理ね。教えたとしても止まらないし、罠だと見抜いて引き返したら皇帝に逃げられる。だから、追いかけるしか手はないわ」

「そんな……」

モニカの言葉は正しい。

アトムースが先程、ジークフリート達の方に振り返ったのも、ちゃんとついて来ているかの確認だった。

勘のいい者なら誘導されている事に気が付くだろう。そうすれば足を止めるに違いない。

そうなれば自分は無事に逃げ出せる事が出来るとアトムースは分かっていた。

「どうするんですか？」

「どうもこうもないわ。さっき言った通りよ」

結局、アトムースの思惑通りにジークフリート達は追いかけるしかない。辿《たど》り着く場所がどのような場所であろうともアトムースを逃がす事は出来ないので、それが罠だと知りながらも。

そうして追いかけていると、アトムースが大きな扉の向こうへ入っていく。それを見たジークフリート達が追いかけて部屋に入ると、見たこともない巨大な魔物が檻《おり》に閉じ込められていた。

部屋の奥にある檻の中。そこにいる見たこともない魔物を目にして、ジークフリート達は思わず足を止めてしまう。

一体、あの魔物はなんなのだろうかと一行は考えたが、それよりも先にアトムースを捕まえるべきだと全員の考えが一致した。

「確かこの部屋に入ったはずだけど……。どこにいるんだ？」

先頭にいるジークフリートが部屋の中を見回すが、アトムースの姿は見当たらない。

ジークフリートは確かに、この部屋にアトムースが入っていくのを見ていた。だとしたら、どこへ消えたのだろうかと頭を悩ませていたら、アトムースの高笑いする声が聞こえてくる。

「はーっはっはっはっは！　間抜けどもめ！　まんまと罠に引っかかったな！」

どこから聞こえてくるのだろうかと一行が部屋の中を見回すと、部屋の二階から一行を見下ろし、腹を抱えているアトムースを見つけた。

「貴様らはここで死ぬのだ！　行け、キマイラ！」

高笑いをしていたアトムースは部屋の中にあるレバーを下げると、檻に閉じ込められていた魔物が解き放たれる。

低い唸《うな》り声《ごえ》を上げながらキマイラはゆっくりとジークフリート達に歩み寄る。

獅子《しし》の頭を持ち、背中には山羊《やぎ》の頭。そして、羽が生えており尻尾は毒蛇という禍々《まがまが》しい姿のキマイラにジークフリート達は息を呑《の》んだ。

「ふふふ！　さあ、行け！　殺せ！　愚かな奴《やつ》らを血祭りにあげろ！」

アトムースの言う事を聞いているのかは分からないが、キマイラはジークフリート達目掛けて跳躍した。

「全員避けろ！！！」

固まっていたジークフリート達は全員バラバラに散らばって回避した。

アトムースさえ押さえれば、キマイラと戦う必要などないと瞬時に判断した結果、カレンはキマイラから視線を切り替え、二階に向かって跳躍する。

「攻撃は当たらなくても拘束することが出来れば！」

しかし、二階に向かって跳んだカレンだが、アトムースの前には見えない壁があり、辿り着く事が出来なかった。

「え……？」

「ははははっ！　そうだよな！　キマイラを相手にするより俺を捕まえた方が効率的だろう！　だがな、俺がいる場所は実験体を観察するモニタールームという部屋だ。実験体が暴れても大丈夫なように障壁が展開されている！　だから、貴様らがどんなに攻撃しようとも傷一つ付かないのだよ！　本当なら、お前達が食われる所をじっくりと見ていたかったが、今は逃げる事が優先なのでな。存分に楽しんでくれたまえ！」

落下していくカレンを見て、満面の笑みを浮かべたアトムースはさっさと逃げていく。

それを見ている事しか出来なかったカレンは着地して悔しさに拳を握り締める。

その横ではジークフリート達がキマイラを相手に戦っていた。

「くそ！　なんなんだよ、このキマイラって魔物は！」

「多分、人工的に作られた魔物なんだと思う！　でも、檻の中に入れられてたって事は失敗作のはずよ！　本来なら失敗作は処分されるはずなんだけど、このキマイラだけは別だったみたいね！」

「つまり、いつか使える日が来るかもしれないって事で残してたわけか！」

「そうに違いないわ！　こんな危険な魔物を残しておく理由なんて、それ以外考えられないもの」

逃げながら自分の考えを述べているジークフリートと、同じくキマイラから逃げているローゼリンデ。

キマイラは巨大な見た目によらず俊敏な動きでジークフリート達を翻弄する。

それに加えて口から火を吐き、山羊の角から雷撃が放たれ、毒蛇の尻尾まで注意を払わなければならない。極めて厄介な魔物である。

「く！　この扉開かないわ！」

「閉じ込められたわけね！」

モニカが出入り口の扉を開けようと力を込めるもビクともせず、ミナミが閉じ込められた事に腹を立て扉を蹴る。

「でも、皇帝はこの部屋に入って、二階にいたって事はどこかに二階へ通じる道があるのでは!?」

マリンがアトムースは二階にいた事を思い出し、二階へと続く道がある事を指摘した。

「そうだけど、この状況じゃ探すのは厳しいわね！」

キマイラに襲われているジークフリートを見ながらモニカは顔を歪《ゆが》める。

モニカの言うとおり、キマイラを相手にしながら二階へと通じる道を探すのは難しい。

「まずはあのキマイラをどうにかしないと……」

歯痒《はがゆ》そうにミナミは呟《つぶや》く。

今はジークフリートが狙われているおかげで出入り口の前まで来れたが、この広い部屋から二階へと通じる道を探さねばならない。

キマイラが自分達《たち》を狙わないとも限らないのでモニカ達が選んだのは、ジークフリートと協力してキマイラを倒す事だった。

「ジークフリート様！　この部屋は閉ざされています。恐らくこの部屋のどこかに皇帝が使った二階へと繋《つな》がる道があるはずです！　ですが、それを探そうにもキマイラが邪魔で探せません！」

「つまり、皇帝を追いかけるためにもキマイラを倒さなきゃいけないってことだな⁉」

「はい！」

「だったら、話は早い！」

追いかけられていたジークフリートは方向転換してキマイラへ向かって走る。

「うおおおおおおおおお！！！」

腰に差していた剣を抜いてジークフリートは飛び上がり、キマイラの胴体に向かって剣を振り下ろす。

尻尾の毒蛇がそれを止めようとするも横から魔法が飛んで来る。

魔法を受けたせいで尻尾の毒蛇はジークフリートを止める事が出来なかった。

「ジークに手出しさせない！」

尻尾の毒蛇を魔法で弾《はじ》き飛ばしたのはローゼリンデだった。

ローゼリンデの援護があり、ジークフリートはキマイラを斬る事に成功した。

「よしっ！　行けるぞ！」

みんなの力を合わせればキマイラを倒せると確信したジークフリートは果敢に攻める。

ジークフリートを中心にキマイラを攻略する六人はそれぞれ攻撃を仕掛ける。

剣と魔法を駆使してなるべくキマイラの注意を引き付けながらジークフリートは戦い、それをローゼリンデが魔法で援護する。

残った四人はそれぞれの持ち味を生かし、死角からキマイラの手足を狙う。

「おらあああああっ！！」

自分に視線を集中させるようジークフリートは雄叫《おたけ》びを上げながら剣を振り下ろす。

顔面を斬りつけるジークフリートを噛《か》み砕かんと、キマイラが大きく口を広げた。

そこへローゼリンデがキマイラの顔に魔法をぶつけて阻止する。

それに怒ったキマイラがローゼリンデに向かおうとすると、モニカとマリンの二人が後ろ足の肉を削《そ》いで動きを止めた。

その隙にローゼリンデは距離を取り、キマイラから離れる。

そして、ジークフリートが跳躍してキマイラの顔を切り裂く。

痛みにキマイラが咆哮《ほうこう》を上げて暴れだした。

「グゥルオオオオオオッッッ！！」

暴れ回るキマイラは自分を斬ったジークフリートを睨《にら》み付けて飛び掛かる。

キマイラの下に滑り込むように避けたジークフリートは、キマイラが無防備に晒《さら》している腹へ向けて火魔法を撃ち込む。

「ファイアボール！！！」

手の平から火の玉を発射すると、ドンッドンッと二発の火球が炸裂《さくれつ》する。

これには堪《たま》らずキマイラも逃げるように飛び退《の》き、ジークフリートから距離を取った。

「グルルル……」

しばらく唸るだけで動かないキマイラ。それを見たジークフリート達は不思議に思う。

「なんで動かないんだ？　足を切られても平然と動いていたのに」

「きっとジークに恐れをなしたんだわ！」

「いや、違うだろ？　アレはビビッて動けないって感じじゃないぞ」

「じゃ、じゃあ、どうしてかしら？」

動かないキマイラを見て疑問を浮かべる二人。

その傍らでキマイラをジッと見詰めて観察していた四人が驚きの声を上げた。

「あ、あれを見てください！！！」

カレンが指を差したのはモニカが削いだ後ろ足。

そこをよく見てみると傷が治っていたのだ。

そして、ジークフリートが斬ったはずの顔の傷も塞がり始めている。

それを見た六人はキマイラが動かなかったのは、傷を治す為《ため》だという事が分かった。

「再生能力持ち……。幸い傷の治りはそんなに早くないのが救いって所かしら」

「そうね。つまり、再生される前に倒さないといけないわ」

「厄介な相手ね……」

再生能力を持っていることが分かってジークフリート達は歯噛みする。

ただでさえ強いのに、再生という厄介な能力を持っているので、更に苦戦を強いられる事は間違いない。

とは言っても、再生する速度はゆっくりなので勝ち目はある。

「グルゥゥゥアアアアアアアアアアアッ！！！」

部屋全体が震えるほどの大音声で咆哮を上げるキマイラ。

その咆哮を受けた六人は思わず耳を塞いだ。

「ぐっ……なんて音だ！」

ジークフリートは耳を塞いだままキマイラに目を向けると、既にそこにはいなかった。

どこへ行ったのだろうかとジークフリートは視線を左右に振るとローゼリンデが叫んだ。

「ジークッッッ！！！」

ローゼリンデの呼ぶ声に反応したジークフリートが振り返った時、巨大な影に覆われる。

影に覆われたジークフリートは瞬時に防御の体勢を取る。

次の瞬間、ジークフリートは背後に現れたキマイラによって大きく吹き飛ばされた。

「ぐはっ……！」

ピンボールのように跳ねてジークフリートは壁に激突する。

防御していたおかげで、深手は負わなかったが壁に激突したせいで意識を失った。

「ジークッ！」

ズルリと壁から崩れ落ちるジークフリートの側《そば》へ駆け寄ろうとするローゼリンデは焦っており、周りが全く見えていない。

キマイラは気絶しているジークフリートではなく、ローゼリンデに目をつけた。

「殿下！　お下がりを！！」

モニカが手を伸ばしてローゼリンデを止めようとしたが間に合わない。

ジークフリートのもとまで駆けるローゼリンデ目掛けてキマイラは跳んだ。

ローゼリンデを引き裂こうと爪を振り下ろそうとした瞬間、キマイラの横っ腹にカレンの強烈な飛び蹴りが炸裂する。

「ゴアッ……!?」

吹き飛ぶキマイラ。それを見て目を丸くするモニカ達。

そして、飛び蹴りを華麗に決めたカレンは綺麗《きれい》に着地してふんすと鼻を鳴らした。

「師匠直伝の飛び蹴りです！」

ギルバートから教えられた格闘術に加えて風魔法による強化《ブースト》。

二つが掛け合わさって放たれた飛び蹴りは大砲の如《ごと》き威力を秘めていた。

それをまともに受けたのだからキマイラも無事ではすまない。

吹き飛んだキマイラは低い唸《うな》り声《ごえ》を出しながら立ち上がり、カレンを睨みつける。

「殿下、今の内です！　ジークフリートさんを！」

「え、ええ！　ありがとう！」

あまりの衝撃に固まっていたローゼリンデはモニカの一言で我に返り、倒れているジークフリートのもとへ駆け寄る。

気絶しているジークフリートに声を掛けるローゼリンデを横目に、カレンとキマイラが睨みあっている。

キマイラはカレンを脅威と認識したのか、先程よりも動きが慎重になっていた。

お互いに円を描くように歩き、間合いを保つカレンとキマイラ。

両者は互いに相手がどう動くのかを窺《うかが》っている。

やがて、痺《しび》れを切らしたのかキマイラが先に動いた。

猛スピードでカレンに迫り、爪を振り下ろす。

カレンはキマイラの爪を避けると、懐に飛び込み拳を撃ち込もうと地面を蹴った。

しかし、そうはさせまいと尻尾の毒蛇がカレンに襲い掛かる。

尻尾の毒蛇をカレンは殴って怯《ひる》ませると、胴体に蹴りを叩《たた》き込む。

だが、カレンの蹴りが当たるか否かという所でキマイラが飛んだ。

大きな翼を羽ばたかせ、空中に浮遊している。

空中へ逃げたキマイラをカレンが追いかけて跳ぶと、背中から生えている山羊《やぎ》の頭部から雷が放たれた。

空中で避ける事が出来ないカレンは障壁を張り巡らせて雷を防ぐ。

雷を防いだものの、カレンはそのまま地面へ落下する。

先程までは使わなかった雷を使用してきたキマイラを、悔しそうに睨みつけるカレン。

「すいません！　手伝ってください！！！」

自分一人では倒せないと判断したカレンはすぐさま助けを求める。

その呼びかけに反応してモニカ達も動き出す。

「ごめんなさい！　貴方《あなた》一人に任せてしまって！」

「構いません！　今はとにかくキマイラをどうにかしましょう！」

「ええ、そうね！」

四人は空中に浮いているキマイラに向かって攻撃を仕掛ける。

しかし、キマイラには通じない。

魔法は雷で防がれ、跳び付いて攻撃しようとすれば尻尾が邪魔をしてくる。

それに空中でも素早い動きをしているので中々攻撃が決まらない。

「この……っ！！！」

まずは一番厄介な雷を放ってくる山羊の頭部をどうにかしようと、壁を蹴ってカレンがキマイラの頭上を取る。

すると、そこに尻尾の毒蛇がカレンを邪魔しようと伸びてくる。

カレンの邪魔はさせまいとミナミが魔法で援護する。

ミナミの魔法で尻尾は弾き飛ばされ。今なら山羊の頭部に攻撃が決まるとカレンは踵《かかと》を大きく振り上げた。

そして、風魔法で一気に加速。回転を加えて一層強化された踵落としが山羊に直撃する。

すると、山羊にも意思があったのかけたたましい絶叫を上げた。

「ンギィエエエアアアアア！！！」

思わず耳を塞ぎたくなる程の絶叫。

近くにいたカレンも堪らず目を瞑《つぶ》り耳を両手で塞いだ。

しばらく絶叫は続いたが、少し経《た》つと山羊は力尽きたのかピクリとも動かなくなった。

踵落としを決めたカレンは山羊の絶叫に耳を塞いだまま着地し、山羊が戦闘不能に陥った事を雷が飛んでこない事で確信した。

「雷が止まりました！　恐らく死んだか気絶したんだと思います！」

「よし！　なら、後は頭と尻尾だけね！」

「でも、再生持ちだから山羊も復活するんじゃないの？」

「そういうことは言わないで～！　本当に復活しちゃうから～！！！」

ミナミのフラグを建築するような発言にマリンが発言を取り消すように言う。

「可能性はあるでしょ!?」

「そうだけど、今はやめて～！」

「二人とも口じゃなくて手を動かしなさい！」

それをモニカが咎《とが》める。二人は注意され、きちんと役割を果たすべく動き出した。

「私が頭を狙います！　援護お願いします！」

山羊を討ち取ったカレンが、次は獅子《しし》の頭を狙うというので三人は邪魔をするであろう尻尾の毒蛇に狙いを定める。

カレンは獅子の頭に攻撃を叩き込む為に地面を蹴って跳躍した。

空中に浮かんでいるキマイラは跳んで来るカレンに対して咆哮を浴びせる。

「ガアアアアアアアアアアッッ！！！」

「ッ～～～！！！」

弾丸のように跳んでいたカレンは思わず耳を塞ぎ、身体《からだ》を丸めて地面に落ちる。

バランスを崩してしまったが、なんとか着地に成功するカレンはキマイラを見上げる。

「もうっ！！」

障壁では防げない咆哮《ほうこう》という名の爆音。

どうしたものかと考えるカレンの肩が叩かれる。

こんな時に一体誰だとカレンが振り返ると、そこにはジークフリートが立っていた。

キマイラの一撃を受けて気絶していたジークフリートだったがローゼリンデの必死の介抱により意識を取り戻したのだ。

「悪い。待たせた。……えっと、カレンだったよな？　レオルドの部下の」

「あ、はい。そうです」

「これから俺が突っ込んで隙を作るから任せてもいいか？」

「え？　大丈夫なんですか？」

「あ、はは。まあ、さっきみたいにやられる事はないさ」

「それなら任せます」

「ああ！　任せてくれ！」

自信満々に返事をするジークフリートを見てカレンは不安な気持ちを抱く。

（でも、レオルド様が選んだ人なんだから大丈夫……だよね！）

復活したジークフリートはカレンの代わりにキマイラの前に立つ。

しばらく睨《にら》み合いを続けていたが、ジークフリートが走り出した。

走ってくるジークフリートに向かってキマイラは咆哮を上げて動きを止めようとする。

キマイラが大きく口を開けた瞬間、ジークフリートが剣を振りかぶり、キマイラの口目掛けて放り投げた。

思わぬ行動に驚いたキマイラは飛んで来る剣を避ける為に横へ飛んだ。

そこへジークフリートは加速してキマイラに近付く。

キマイラの懐へ見事に侵入したジークフリートは魔法を放つ。

「爆《は》ぜろ！　フレイムカノン！！！」

ジークフリートの手の平から炎の塊が発射されて、キマイラの腹部に直撃する。

ドオンッという音が部屋全体に鳴り響く。腹部を爆破されたキマイラは苦悶《くもん》の声を上げる。

「ガアアアッ！」

二発目を放とうとジークフリートは魔力を練るが、ダメージを受け怒り心頭のキマイラが尻尾を振り回し攻勢に出た。

ジークフリートは魔力を練るのを止《や》めて、毒蛇の尻尾から逃れようと距離を取る。

キマイラは標的と定めたジークフリートを執拗《しつよう》に追いかける。

逃げるジークフリートだがキマイラの方が速く、徐々に追い詰められていく。

「俺ばっかり見てていいのか？」

壁際に追い詰められたジークフリートだが、その顔は余裕の笑みを浮かべている。

どうして追い詰められている獲物《ジークフリート》が笑っているのだろうとキマイラが不思議に思った時にはもう、遅かった。

尻尾が突如切り落とされ、その痛みに叫ぼうとした時、頭に衝撃が走る。

ガクンと視点が下がり、キマイラは倒れた。

「よしっ！」

ガッツポーズで喜ぶジークフリートの目の前には倒れたキマイラと、その傍らに尻尾を切り落としたモニカ達《たち》と、頭を叩き潰したカレンの姿があった。

ジークフリートへ駆け寄るローゼリンデは、その勢いのまま抱き着いた。

「凄《すご》いわ、ジーク！」

一行はこれで一安心と息を吐こうとした次の瞬間、電撃が放たれた。

気を抜いていたジークフリート達は電撃を防ぐ事が出来ず、直撃されてしまう。

「ぐわあああっ！」

「きゃあああっ！」

完全に倒していたと思ったキマイラだったが、最初にカレンが倒した山羊の部分が復活していた。

蘇《よみがえ》っているとは知らず、勝利に喜んでいた一行は一瞬で崖っぷちに立たされてしまう。

「ぐ、くそ……！　身体が……！」

しかも、不運は重なる。山羊が放った電撃で全員漏れなく麻痺《まひ》状態に陥ってしまう。

そのせいで誰も動けない。今、攻撃されれば全滅は確実であろう。

だが動けない一行にできることは、ただ麻痺が解けるのを待つだけである。

しかし、残念ながら麻痺が解けるまで相手が待つ筈《はず》がない。

山羊は確実に全員を亡き者にしようと、もう一度電撃を放つ準備を始めた。

角の上の部分が青白く光り、電気が迸《ほとばし》っている。

恐らく、直撃されれば今度は麻痺では済まない。

「う……うぅ……」

「ダメ……。動けない」

もうここまでなのかと諦めそうになる一行。だが、誰も彼もが諦めかけていた時、カレンだけが麻痺で動けない身体にも拘《かか》わらずもがいていた。

「諦めるもんか……！　絶対！」

カレンはゼアトで学んだ沢山の事を思い出していた。

いつも必死に、懸命に、がむしゃらに頑張っているレオルド。厳しくも優しい師匠《ギルバート》。

毎日民の為《ため》に騎士の務めを果たしているバルバロト。

自由奔放だけど魔法を丁寧に教えてくれるシャルロット。

そして、誰よりも大好きなジェックス。

（まだ、何も言ってない！　大好きって伝えてない！　死ねない！　こんな所で死ねない！　死んでたまるもんか！！！）

心の内で叫んでいるカレンは必死に生きようと足掻《あが》き続ける。

そんなカレンの姿を見たジークフリートは、諦めかけていた自分を奮い立たせた。

自分よりも年下の女の子ががむしゃらに生きようとしているのだ。

そんなものを見てしまったら、諦めるなどとは口が裂けても言えない。

「お、おおお……おおおおおおおおおおおおっ！」

麻痺で動けない身体をどうにか動かそうとジークフリートはもがいた。

そして、己を鼓舞しようと雄叫《おたけ》びを上げる。その思いに絆の力《スキル》が応えたのか、ジークフリートの身体が光を放つ。

周囲の者達が思わず目を瞑るほどの眩《まばゆ》い輝きが収まると、その身体に光り輝くオーラを纏《まと》わせてジークフリートが立ち上がっていた。

「これは……？　いや、考えるのは後にしよう」

自身の身体になにが起こったのか理解できなかったジークフリートは、一先《ひとま》ず思考を切り替えてキマイラへ顔を向ける。

その時、先程の電撃よりも更に強力な電撃がジークフリート達に向かって放たれた。

もうダメかと思われたが、ジークフリートが全員を守るように障壁を張って防いだ。

「もうこれ以上は誰も傷付けさせない。覚悟しろ！！！」

ジークフリートが身体に纏っている光《オーラ》がまるで彼の思いに呼応するように一際輝く。

「グルルルゥッ！」

すべての部位が再生して蘇ったキマイラが立ち上がり、唸《うな》り声《ごえ》をあげた。

どうやら、獅子の頭、背中の山羊《やぎ》、尻尾の毒蛇は同時に倒さなければ復活するようだ。

「お前を倒すには三つ同時に倒さなければいけないんだな。なら、やってやるよ！」

キマイラを倒す方法が分かったジークフリートは叫ぶと同時に両手を剣を振り上げるように上げた。

「輝け！　シャイニングブレイド！！！」

ジークフリートが本来持つ属性は火のみである。

しかし、絆の力で他者の力も使えるジークフリートは光り輝く巨大な剣を生み出して、キマイラ目掛けて振り下ろした。

キマイラは避ける事も出来ずに光の大剣で正面から真っ二つにされる。

再生することも叶《かな》わず、キマイラは完全に倒された。

頭から尻尾まで真っ二つになったキマイラを見て、一同は安堵《あんど》の息を吐いた。

再生する素振りもないので今度こそキマイラは死んだのだろう。

麻痺が解けたのでアトムースが逃げた部屋へ通じる通路を探す事にした。

調べていくと一か所だけ違う音を鳴らす壁を見つけた。

そこをくまなく調べると、壁に小さな穴が出来ており、その穴へ指を突っ込むと壁がなくなり階段が現れた。

どうやら、ここが二階へ続く入り口のようだ。

「急ごう。早く皇帝を捕まえて戦争を終わらせるんだ」

ジークフリートの言葉に一同は頷《うなず》いた。

階段を駆け上がり、二階の部屋から逃げていったアトムースを追いかけるのであった。


一方で傷だらけになったレオルドは、セツナに肩を借りながら城の中を彷徨《さまよ》っていた。

どこかにいるジークフリート達か、アトムースを探して。

道中、兵士と遭遇したがセツナがいたので戦闘は起こらなかった。

なにせセツナは帝国守護神がひとり。敵に回せばどうなるかよく分かっているからだ。

「お前といると楽だな」

「まあ、貴方《あなた》一人だったら間違いなく襲われてたね」

「ああ。間違いない」

軽い談笑を交えながら歩き回っていると、角を曲がった先でアトムースを見つける。

「む？」

「あ」

「なっ⁉」

不思議そうに首を傾けるレオルドと、偶然とばかり驚くセツナに、戸惑いと驚愕《きょうがく》に目を見開いて固まるアトムース。

「ほう？　まさか、皇帝陛下がこのような場所に護衛も連れずに一人とは、よほど切羽詰まっているらしいな」

悪者のように、邪悪な笑みを浮かべるレオルド。

それを見たアトムースは震え上がり後ずさるが、どうしても聞きたい事があり、なんとか逃げ出さずにレオルドへ顔を向けた。

「何故《なぜ》、貴様らがここにいる？　炎帝《グレン》はどうした⁉」

グレンを心配しているわけではない。

単純にアトムースはグレンが負けた事が信じられないのだ。

帝国最強の男が、たかが侵入者と裏切り者のセツナに負けるとは到底思えない。

それゆえにアトムースはレオルドに問い質《ただ》す。

　グレンに勝ったのかどうかを。

「俺達がここにいる時点で、分からないか？」

「うっ……！」

　アトムースは冷や汗を流しながら、どうやってこの場から逃げようかと策を巡らせる。

「言っておくが逃がしはしない」

「何っ!?」

　逃がさないと言ったレオルドは土の壁を作り出して、アトムースの逃げ道を塞ぐ。

　四方八方を塞がれたアトムースが逃げるには目の前にいる二人を倒さなければいけない。

　だが、アトムースが勝てるはずはない。

「皇帝陛下。大人しく降伏を願えますか？　もう貴方に打つ手はないでしょう？　グレンもいない。セツナは裏切り、ゼファーは不在。もはや貴方に勝ち目はない。もう一度だけ言います。降伏を宣言してもらえますか？」

　レオルドはアトムースに一歩だけ近付いて、彼の目を見据えた。

　目の前のアトムースが大人しく負けを認めれば万事解決である。

　その後は、国の代表である国王が事態を収めてくれるのでレオルドは領地に戻って怪我《けが》の治療に専念するだけだ。

　そう考えるレオルドはさっさと諦めて欲しいとアトムースに願うが、そう簡単にはいかないのが現実である。

「ふ……ふざけるな！！！　やっと、やっとここまで来たというのに何も出来ずに終われるか！　終わってなるものか！」

「皇帝陛下。見苦しいだけですので無駄な抵抗は――」

「黙れ！！！」

勝てないと分かっていてもアトムースはレオルドに向けて魔法を放った。

「無駄です。皇帝陛下。私は満身創痍《まんしんそうい》であれど、貴方に負ける事はない」

「そんなこと私が一番分かっている！　グレンを倒したお前に勝てないことなど誰よりも理解している！　それでも私はやっと掴《つか》んだ皇帝の座を守らなければならんのだ！！！」

「どうしてそこまでしがみつくのです？　もう貴方には勝ち目がないと言うのに。味方すらいない貴方に何が出来ると言うのです」

「どうしてだと……？　そんなもの決まっている。ただの意地だ」

アトムースの口から零《こぼ》れた単語にレオルドは思わず聞き返した。

「意地？」

「ああ、そうだとも！　私はただ特別な存在になりたかった！　兄の劣化品ではなく、兄の代替品でもない特別な存在になりたかったのだよ！」

両手を広げて叫ぶアトムースにレオルドは何も言えず、ただ黙って耳を傾けることしか出来ない。

「分かるか？　生まれてからずっと誰にも期待されず、兄の劣化品だと馬鹿にされた私の気持ちが！　一度でいい。たった一度でいいから誰かに認めてもらいたかった！　だが、私が何をしようとも認められる事はなかった。だから、私は皇帝になり誰もが成しえなかった大陸統一という偉業を成し遂げようとしたのだ！」

「つまり、貴方は兄への劣等感から戦争を起こしたと？」

「それの何が悪い！！！　悪いのは全て、私を認めなかったこの国だ！」

憎しみに満ちた顔でアトムースはレオルドを睨《にら》みつける。

（ああ……そうか。アトムースは俺とは逆の存在だったのか。俺はみんなから期待されて、なまじ才能があったから自分が特別な人間だと思い込んで堕落したけど……。アトムースは違う。自分が特別な存在でもなく、ただ兄の代替品であったから特別になりたいと思ったた。だからこそ、皇帝になって前人未到の大陸統一を成し遂げようとしたんだ。そうすれば誰からも認められる特別になれるから……）

アトムースの本心を聞いてレオルドは同情してしまう。

始まりは違えど、レオルドとアトムースは似ている。

期待され才能に満ち溢《あふ》れていたレオルドは慢心して堕落し、期待されず優秀な兄の劣化品だと劣等感を植え付けられ暴走したアトムース。

ただ一つ違うとすれば、それはレオルドが転生しているという事だ。

それがなければレオルドもアトムースと同じであっただろう。

だからと言って、アトムースを見逃すわけにもいかない。

「皇帝陛下。貴方のお気持ちは良く分かった。しかし、見逃す事など出来ない。大人しく降伏してください」

最後の抵抗を見せるかと思われたが、アトムースはあっさりと降伏を宣言する。

「…………降伏する。好きにするがいい」

どうすることも出来ないと悟り、アトムースはその場に崩れ落ちた。

ようやく長く険しい帝国との戦争は終わりを告げたのだった。

アトムースが降伏して身につけていた防御用の遺物を外し、身柄を押さえる事に成功したレオルドはそのまま彼を引き連れて玉座の間へ戻る。

セツナとレオルド、そしてアトムースの三人は玉座の間へ戻る最中に遭遇した兵士へ、皇帝が降伏した事を全員に伝えるように指示を出した。

兵士が城の中にいる者達《たち》にアトムースが降伏した事を伝え、玉座の間へ集まってくる。

玉座の間にはレオルドに押さえられたアトムースがいた。

それを見た兵士や将校は戦争に敗北した事を理解する。

しばらくすると、ジークフリート達もアトムースが降伏を宣言したという知らせを聞いて玉座の間へやってくる。

玉座の間に辿《たど》り着いたジークフリート達が見たのは、満身創痍になりながらもアトムースの側《そば》に立っているレオルドだった。

すぐにジークフリート達はレオルドのもとへ駆け寄り、状況の説明を求める。

「勝ったのか、レオルド？」

「見ての通りだ。まあ、ギリギリだったがな」

そう言ってレオルドはボロボロになった自身の身体《からだ》を見下ろす。

「そうか！　そうか！　勝ったんだな！　やっぱりお前は凄《すご》い奴《やつ》だよ、レオルド！」

「それより、お前達は何をしていたんだ？　俺がグレンと戦っている間に皇帝を追いかけてたはずだが？」

「ああ、実は皇帝の罠《わな》に嵌《はま》って見たこともない魔物と戦ってたんだ」

「そうだったのか」

「その、すまない。何の役にも立たなくて……」

「気にするな。お前達が追い詰めたから、こうして皇帝の身柄を確保できたんだ。それで充分だ」

「レオルド……！」

肝心な場面で役に立てなかったとジークフリートは落ち込んだが、結果的にはお前のおかげだとレオルドに励まされ歓喜に満ち溢れた瞳を見せた。

（なんだこいつ？　なんでそんな目で俺を見てくるの？）

一方でジークフリートに見詰められているレオルドは、自分が何故見詰められているのか分かっておらず、少々不気味に感じていた。

かつてのレオルドは誰から見ても小悪党で尊敬されるような人間ではない。

しかし、今のレオルドは多くの偉業を成し、戦争を終わりに導くほど立派な人物だ。

だから、ジークフリートもレオルドの事を嫌な奴ではなく、尊敬出来る人物という認識に変わっている。

その事をレオルドは理解《わか》っていないのだ。

人は誰でも、尊敬している人物から褒め言葉を貰《もら》えばうれしくなる。

ジークフリートからそのような思いを向けられていようとは、レオルドも想像が付かないだろう。

エピローグ

それから慌ただしく幽閉されていた人質にされていた人達を解放したり、アトムースと共に謀反を起こした皇子、皇女を捕らえたりと忙しかった。

そして当然、アトムースを唆した貴族達も捕らえられた。

戦勝報告を王国に届けないといけないのだが、レオルドは満身創痍のため動けない。

代わりにモニカ達が早急に王国へ帰国する事となった。

「では、戦勝の報告を届けに行きます」

「ああ。なるべく早く頼む」

「「はい！」」

その後、アトムースを含め謀反を起こした者達は牢屋《ろうや》に閉じ込められる。

これから戦後処理なのだが、その前にレオルドは身体を癒さなければならない。

先代皇帝の計らいによりレオルドは帝国で治療を受ける事になった。

そのおかげでレオルド達はＶＩＰ扱いである。

「それにしても、まさか生きているとはな……」

今、レオルドは帝国の最新治療を受けており、医務室のベッドで寝ているのだが、その横にはグレンが寝ていた。

「君には感謝している。家族を助けてくれたのだろう？」

「いや、偶然出会っただけで特に何もしていませんよ」

「そうじゃない。私が君を殺そうとして部屋ごと焼き払った時、家族も守ってくれただろう。もし、君があの時一人だけ助かろうとしたら、私の家族は今頃全員死んでいた。しかも他でもない、私の手でな……」

「まあ、見殺しには出来ませんでしたから。それに貴方《あなた》が隷属の首輪で操られている事も知ってましたからね。流石《さすが》に見過ごせませんよ」

「本当に君には感謝しかないな」

「よしてください。形はどうあれ私は貴方を殺そうとしたんですから」

「だとしてもだよ。不本意な形ではあれど殺し合いをしていたんだ。ならば、どちらかが死んでもおかしくはなかった」

「そうですか。いえ、そうですね。なら、お互いに生き残った事を喜ぶべきですね」

「ああ。ただ私は君に感謝しているという事だけは忘れないで欲しい」

「分かりましたよ」

互いに殺しあった二人ではあるが、それは不本意な形であり、そうでなければ戦うこともなかったかもしれないと語り合う二人はいつの間にか仲を深めていた。

二人が話し合っていると、医務室に客が訪れる。

セツナとカレンである。

「レオルド様。お身体のほうはどうですか？」

カレンがベッドで寝ているレオルドに近寄り、身体の具合を確かめる。

「うむ。まあ、完全に回復したとは言い切れないがある程度は動けるようになったぞ」

「そうですか！　よかった」

「ああ。心配をかけたな。ところで、王国からはまだ何もないか？」

「まだモニカさん達は帰ってきてませんね」

「そうか……。なら、しばらくは待機だな」

「そうですね……」

「早く、ジェックスに会いたいか？」

「え!?　そ、それは、その……」

「はははっ。すまんな。俺のせいで帰りが遅くなってしまって」

「いえ、お気に病む事はありません！　レオルド様はすっごく頑張ったんですから！」

二人が仲良く話していると、その間に割り込んでくるようにセツナが会話に入った。

「私とも話してほしい。一緒にグレン様と戦った仲なのに蚊帳の外は寂しい」

「カレンは俺の大切な部下なんだ。それくらいはいいだろう？」

「それは聞いた。でも、私だってここにいるんだからお話したい」

「お話と言われてもなにを話すんだ？」

「う～ん……好きな女の子のタイプとか？」

その瞬間、横で聞いていたであろうグレンが吹いた。

「ぶっ！！」

「どうしたの、グレン様？」

「いや、お前がそのような事を口にするとは思いもしなかったのでな」

「そう？」

自分はおかしな事でも言ったのだろうかと首を傾《かし》げるセツナ。

その後も他愛のない話を続けて、束《つか》の間《ま》の休息を楽しんだ。


レオルドが治療の為《ため》、休息を取っている頃、王国では国王が頭を抱えて悩んでいた。

その側には宰相もいて、国王と同じく頭を悩ませている。

二人が何故《なぜ》頭を悩ませているのか。その原因は他でもないレオルドだ。

「作戦成功。皇帝は降伏を宣言。戦争の終結……か」

「陛下……。一大事ですぞ」

「分かっている。レオルドにどう報いればいいかが問題なのだろう。はっきり言ってレオルドにどのような報酬を与えればいいか分からぬ」

「領地、爵位、金銭。これら三つでも足りませんな。レオルドが成した功績はあまりにも大きすぎます」

「ああ。救国の英雄と呼んでもいいくらいだ。昔も今もこうして悩まされるとは思いもしなかった。今は良い意味でなのだが、流石にちと度が過ぎる」

「全くです。しかし、レオルドに押し付けてしまったのも我々です。ならば、レオルドに報いなければならないでしょう」

「そうだな。だが、どうするか。今のレオルドに相応《ふさわ》しいものを用意しなければならないが、宰相の言うとおり爵位、領地、金銭では足りないだろう。やはり、王家との婚姻しかないか？」

「それが無難でしょう。尊き血を分け与えて貰えるというのは名誉な事ですから」

「では、誰が良いかだ」

「一番歳《とし》の近いクリスティーナ殿下は……ダメですな」

「うむ。クリスは……ジークフリートに恋しておるからな。レオルドに無理矢理嫁がせれば何をするか分からん。それにレオルドも他人を愛している人間を宛《あて》がわれても迷惑するだけだろう」

「でしょうな。下手をすれば離反してしまうかもしれません。今まで貢献してきたのにこの仕打ちはなんだと怒りを露《あら》わにするでしょう」

「それだけは避けたい。今のレオルドに離反でもされたら間違いなく王家は滅びるぞ。今回の報告にあった未知なる兵器に大量殺戮《さつりく》魔法。そんなものが国に向けられたらどうなるか分かったものではない。それにあのシャルロット・グリンデもいる。もしも、敵に回せば間違いなく王国は一夜にして滅びるだろう」

想像したくはないが、国王の言う事は間違いないと宰相はゴクリと生唾を飲み込んだ。

「想像したくもありませんな」

「当たり前だ。現実になったらどうする！」

「で、どうするのです？」

「う〜む……。シルヴィアを推薦してみるか？　レオルドは今回、態々《わざわざ》リヒトーをシルヴィアの護衛に回して欲しいと懇願してきたくらいだ。憎からず思っているのではなかろうか？」

「ふ〜む……。憶測でしかありませんな。下手に刺激するのは良くないと思いますぞ」

「では、一先《ひとま》ずレオルドの事は後回しにして今回の戦争についての賠償を考えようか」

もう考えるのが面倒になったので簡単な事から片付ける事にした二人。

「そうしましょうか。今回、我々は戦争を仕掛けられた上に勝利したことですし、色々と要求が出来そうですな」

「うむ。では、早速会議を開こう」

レオルドへの報酬を考えるよりも帝国にどのようなことを要求しようかと考える方が楽なのは間違いないだろう。

特別編　セツナとローゼリンデの逃走劇

薄暗い地下水路を頼りない松明《たいまつ》の明かりだけで突き進む人影が二つ。

「ローゼリンデ殿下。足元気を付けて」

「ごめんね、セツナ。貴女《あなた》一人だけなら簡単に逃げ出せたでしょうに……」

「私は臣下。主君を守るのは当然です」

「ありがとう……」

悲愴感溢《ひそうかんあふ》れるローゼリンデはセツナに手を引かれて歩く。

セツナも口数が多い方ではなく、ただ陰鬱な空気のまま地下水路を進んでいた。

「おい、いたか!?」

「こっちにはいない！」

「早く見つけろ！　逃げられでもしたら厄介だ！」

遠くから聞こえてくる声にローゼリンデは肩を震わせる。

「殿下。お静かに」

怯《おび》えるローゼリンデを落ち着かせるようにセツナが優しく声を掛ける。

「セツナ……」

「ここで追手を倒すのは簡単です。しかし、そのようなことをしてしまえば私達《たち》の居場所を知らせることになります。ですから、ここは迂回《うかい》しましょう」

「分かったわ。貴女に任せる」

コクリとセツナは頷《うなず》いて少しだけ歩く速度を上げて、地下水路の出口へ向かう。

追手の兵士達に見つからないよう何度も進路を変更し、ようやく地下水路の出口に辿《たど》り着いた時には二人共、薄汚れており肩で息をしていた。

「なんとかここまで来れたわね……」

「まだ安心するのは早いです。あの男のことだから出口付近に兵士を配置している可能性が高いです。帝都は既に制圧されているとなると……」

「グレンがいる可能性があるのね……」

「はい。最悪の場合、捕まってしまうかと……。勿論《もちろん》、全力は尽くしますがあまり期待しないでください。私ではグレン様を倒すことは出来ませんので」

「そんなことは……」

セツナとグレンは帝国守護神と呼ばれており、帝国の中で最上位に位置する実力者だ。

しかし、帝国守護神の中にも優劣はあり、セツナはグレンに勝てない。

グレンがあまりにも強すぎるのだ。

「大丈夫。勝てなくても殿下が逃げ出す時間くらいは稼いでみせます」

「貴女も一緒に逃げるのよ！　王国と協力すればきっとアトムースを倒せるわ！」

「……そうですね。そうなればグレン様にも勝てますね」

淡い期待を抱きながら二人は地下水路を飛び出して外へ出た。

背後には燃え盛る帝都。謀反を起こしたアトムースがグレンを使って帝都を火の海に変えたのだ。今頃、帝都では帝国軍と反乱軍がぶつかっているだろう。

しかし、帝都がアトムースの手に落ちるのは目に見えている。

帝国守護神のグレンとゼファーの二人が彼の配下にいるのだから、今の帝国軍に勝ち目はないだろう。唯一残っていたセツナもローゼリンデを逃がすため、戦場にはいない。

ただ、仮に彼女が加わったとしてもグレンとゼファーの二人が相手では意味がない。

グレンにも勝てないのに、さらにゼファーまでも相手取るとなれば、その結果は火を見るよりも明らかだろう。

「お父様、お母様。必ず、お助けします……！」

轟々《ごうごう》と燃える帝都を見てローゼリンデは囚《とら》われた二人を助け出す覚悟を決めた。

「急ぎましょう……」

「はい」

下唇をギュッと噛《か》んでローゼリンデは帝都に背を向けて走り出した。

セツナはローゼリンデの背中から溢れ出す悲壮感を目にしながら後ろをついて行く。

「殿下。魔力の方は大丈夫そう？」

「ええ。国境まではなんとか持つわ」

「分かりました。国境を越えたら馬を調達します」

帝都から少し離れた森についた二人は、ここまで来れば少しは安心してもいいだろうと、速度を落として体力と魔力を温存する。

ここから国境まではまだまだ距離がある。油断は出来ないが距離を稼ぐことが出来た。

後は追手に注意しつつ森を抜けて国境を目指すだけ。

「国境まではまだ距離があるけど、ここまで離れれば大丈夫よね？」

「安心は出来ません。向こうにはグレンとゼファーがいます」

「そうね。でも、帝都でまだ戦っている頃でしょうから、そこまで警戒することはないと思うんだけど……向こうにはアトムースがいるのよね」

「そう。あの目敏《めざと》い男が殿下を見逃すはずがありません」

「やっぱり、追いかけてくるかしら？」

「間違いなく」

アトムースがローゼリンデを逃がすはずがないと確信しているセツナ。

セツナの言葉を聞いてローゼリンデもまだ安心出来ないことを再認識した。

「少しくらいは休憩したいところだったんだけど、仕方ないわね……」

帝都からここまで休みなしで走り続けていたローゼリンデは体力をかなり消耗していた。

出来ることならほんの少しだけ身体《からだ》を休めたいところだが、止まっている暇はないと肩を竦《すく》めてローゼリンデは溜息《ためいき》を吐《つ》いた。

二人は歩き続け、後少しで森の出口といったところで異変を感じた。

「ッ！　殿下！　走って！」

「どうしたの!?　何かあったの？」

セツナが焦った声で叫んだのを聞いてローゼリンデは走り出した。

「来る！」

「……ッ!?　まさか、グレンが!?」

「この感じはグレン様で間違いありません！　急いでここを離れないと！」

「国境までまだ距離があるのに……！」

悲痛な顔でローゼリンデは歯噛みするが現実は残酷である。

森の中を疾走する二人の前に上空から炎を纏《まと》ったグレンが降り立った。

「グレン……ッ！」

足を止めて目の前に現れたグレンを睨《にら》みつけるローゼリンデ。

「殿下！　下がって！」

セツナがローゼリンデと入れ替わるようにグレンの前に立ち、鋭い目で睨み合う。

「殿下……。私がグレン様を押さえます。だから、逃げて」

「貴女も一緒に逃げるのよ！　一人で逃げるなんて、そんなこと出来ないわ！」

「お願い、殿下。言うことを聞いて……！」

悲痛な表情で懇願するセツナを見て、ローゼリンデも彼女の気持ちを察し、唇を噛み締めて別方向に走り出した。

セツナはローゼリンデが逃げていくのを見て安心するように笑みを浮かべ、グレンに向き直り、覚悟を決めた顔を見せる。

「ここから先は通さない」

「……」

アトムースの操り人形と化しているグレンは何も答えない。

セツナとローゼリンデを捕まえて来いという命令を忠実に守るだけだ。

「アイスバレット！」

セツナの手から氷の弾丸が放たれる。

グレンに向かって放たれた氷の弾丸はしかし、グレンの炎の壁によって溶けて消えた。

「そこ！」

炎の壁で視界を覆ったグレンの背後へ瞬時に移動したセツナは、隙だらけの背中に向けて氷魔法を放った。

しかし、肩越しにグレンはセツナを捉えると炎の壁を展開して氷の魔法をかき消す。

操り人形と成り果てたグレンであったが、その実力は健在であった。

「やっぱり、一筋縄じゃいかない……！」

ギリィッと奥歯を噛み締めたセツナは後ろへ跳んでグレンから距離を取る。

そこへすかさずグレンが地面を蹴って距離を詰めてくる。

目を見開くセツナはさらに後ろへ跳んで距離を稼ぐ。

「アイスシールド！」

氷の壁を作ってグレンを止めるセツナ。

だが、氷の壁はグレンの拳によっていとも容易《たやす》く壊されてしまう。

「ッ！　アイスニードル！」

距離を詰めてくるグレンに向かってセツナは氷柱を放つ。

数十本もの氷柱がグレンに襲い掛かるも全て炎によって溶かされてしまう。

「くッ……！」

冷や汗を流すセツナは苦悶《くもん》の表情を浮かべる。

どうやっても勝てるビジョンが見えない。

だが、ローゼリンデが逃げ出す時間くらいは稼ぐと言ったのだ。

ならば、弱音を吐いている暇はない。

ローゼリンデが無事に国境を越える時間は稼いでみせるとセツナは気合を入れ直す。

「ここで死ぬことになっても構わない！」

一気に魔力を解き放ち、周囲一帯を氷漬けにしてセツナはグレンを見据える。

「アイシクルブレード！」

空中に氷の剣が生み出され、グレンに向かって振り下ろされる。

迫り来る剣に向かってグレンが腕を伸ばそうとした時、腕が動かないことに気が付く。

視線を下に向けると、そこには氷で固められた下半身と両腕があった。

「これで！」

ほんの少しだけ意識を逸《そ》らすことに成功した。グレンは回避も出来ず、防御も取れない。

この一撃が決まれば勝負も決まるが、そう甘くはないことをセツナは再認識させられる。

氷の剣がグレンの触れた瞬間、蒸発して消えたのだ。

それと同時にセツナが凍らせた周囲一帯がグレンの炎によって溶かされた。

「まだ！」

グレンの炎に対抗するようにセツナは氷を張り巡らせるが、実力差がはっきり分かるように氷は炎によって溶かされてしまう。

凄《すさ》まじい熱気がセツナを襲い、顔を顰《しか》める彼女は次の瞬間、目を見開いた。

炎の中からグレンが飛び出し、氷を溶かしながら迫って来ていた。

咄嗟《とっさ》に後ろへ跳んで距離を離すがグレンのほうが速く、セツナは捕まってしまう。

「ぐうッ！」

首を摑《つか》まれ、宙吊《ちゅうづ》りにされてしまうセツナ。

必死に抵抗してグレンの手を振り解《ほど》こうとするも力で敵《かな》うはずもなく、次第に手足の感覚が薄れていく。

「…………ッ！」

朦朧《もうろう》としていたセツナであったが最後の気力を振り絞り、グレンの手を凍り付かせようと魔力を込めた。

パキパキとグレンの腕が凍っていく。

このまま凍った腕を砕いてしまえば拘束を振り解ける。

そう思われたがグレンは炎で氷を溶かし、セツナをさらに締め上げた。

「かッ……！」

呼吸すらままならずセツナは意識を失いかける。

最早《もはや》ここまでかと思われた時、セツナは無意識に魔力を解放した。

荒れ狂う暴風のような魔力の圧に、グレンは思わずセツナから手を離してしまう。

ドサリと地面に崩れ落ちたセツナは、空気を求め何度も深呼吸をする。

「ゼエ……ハア……ゼエ……ハア！」

肺に酸素を取り入れ、落ち着きを取り戻したセツナは立ち上がり、グレンに目を向ける。

先程、魔力を解放したセツナを警戒しているのかグレンはジッとしていた。

恐らくはセツナが次にどう動くかを待っているのだろう。

しばらくの間、睨み合いが続いたが、先に動いたのはセツナ。

セツナはグレンに背中を向けて一目散に逃げ出した。

まさかの行動にグレンも一瞬理解が及ばず固まってしまったが、セツナが逃げ出したということをようやく理解して追いかけ始める。

後ろを追いかけてくるグレンにセツナは目をやり、見事に引っかかってくれたと口角を吊り上げた。

ぐるりと森を一周するようにセツナは走り、グレンをその中心へ誘い込む。

グレンが操り人形と化していなければ、これが罠《わな》だと気付けただろう。

セツナは思い切り地面を蹴って跳躍すると、詠唱を唱えた。

「世界よ、凍《い》てつけ！　フリージング・コフィン！」

追いかけるように跳んだグレンであったが周囲から氷が押し寄せてくる。

炎で氷を溶かすも氷の勢いは衰えず、グレンを完全に凍り付かせた。

地面に降り立ったセツナは白い息を吐き、氷に包まれているグレンを見据える。

「……普段のグレン様なら絶対に引っかからなかったはず。これで少しは時間稼ぎが出来た。殿下はもう国境付近まで逃げたかな……」

セツナはローゼリンデを心配するように遠くを見詰める。

すると次の瞬間、氷が砕け散る音が聞こえた。

振り返るセツナの前に炎を纏っているグレンが立っていた。

「十分くらいは持つと思ってたんだけど……計算違いだったかな」

グレンの規格外の強さを痛感させられたセツナは冷や汗を流す。

「まだ魔力はある。グレン様。もうしばらく付き合ってもらうから……！」

ローゼリンデだけは必ず逃がすとセツナは残る力を振り絞ってグレンと戦い続けた。

その結果、セツナはグレンに敗北したがローゼリンデを無事に逃がすことに成功した。

グレンはセツナを連れて帝都へ戻り、新たに皇帝となったアトムースのもとへ彼女を連れて行った。

「フッフッフ。無様だな～、セツナ。今の気持ちはどうだ？」

「……言わなくても分かるでしょう」

「クックック。まあ、そう言うな。俺はお前の口から聞きたいんだ」

「下衆《げす》め……」

「ハッハッハッハッハ！　相変わらず気の強い女だ。だが、それがいい。どうだ？　俺の女にならないか？　お前は美しく、気高く、そして強い！　もう一度言うぞ。俺の女にならないか？　セツナよ」

「死んでもお断り……！」

「ふっ……。まあいいさ。時間はたっぷりある。俺が大陸を統一した暁にまた尋ねよう」

「大陸統一なんて出来るはずがない。貴方《あなた》の野望は叶《かな》わないわ」

「さて、どうかな？　大陸一の軍事力に加えて炎帝グレンがいるのだ。隣国のアルガベイン王国もフーリア聖教国も敵ではないさ」

「ローゼリンデ殿下がいる。きっと彼女が貴方を止める」

「クックック、ハーッハッハッハッハッハ！　何を言い出すかと思えば……ローゼリンデがいるときたか。アイツに何が出来る。優秀なのは認めよう。しかし、俺を止めることなど出来はしない。帝国軍を、グレンを倒せる者でもいない限りはな！」

そう言ってアトムースは高笑いを続け、セツナを見下し続けた。

そして、セツナを牢屋《ろうや》へ閉じ込め、アトムースは帝国を完全に支配したのであった。

牢屋に閉じ込められたセツナは鉄格子の向こう側に見える、闇をほのかに照らす小さな灯《あか》りをじっと見詰めていた。

「きっと、きっとグレン様もアトムースも倒す人が現れるはず……」

セツナはグレンとアトムースを倒せる者が現れることを強く願うのであった。

あとがき

どうもお久しぶりです。名無しの権兵衛です。

『エロゲ転生』第五巻を購入して頂き、誠にありがとうございます。

さて、発売されている頃には涼しくなっているでしょうか？

近年は異常な暑さが続いており、インドア派の私は外出するだけで真っ黒になります。

本当かどうかは分かりませんが、この暑さは戻る事はないと聞きました。

もう家から一歩も出たくない。日焼けしたくない。暑いのは嫌だ～。

と、愚痴はここまでにして『エロゲ転生』についてお話ししていこうと思います。

第五巻で帝国との戦争が終了し、Ｗｅｂ版にも大分追いついてきました。

このままだとなろうの規約に引っかかり、サイトの方から削除しなければなりません。

それは当然望んでおりませんので完結目指して頑張る所存です。

まあ、その割にはかなり更新頻度も低く、数か月に一話投稿するのがやっとなんですが。

サボってるわけじゃないんです。最初の勢いがなくなっただけで……。

いや、本当に今の状況をどうにかしないといけないんですけども……！

とにかく、『エロゲ転生』はきっちり終わらせるつもりなんです！

出来れば書籍の方も綺麗《きれい》な形で終わるよう続けていきたいですが、そこは商売なので保証は出来ません。読者の皆様にお願いするばかりです！

それから、『エロゲ転生』はコミカライズも始まっておりまして、これが中々に面白いです。

Ｗｅｂ版とも書籍とも違って、コミカルな感じで描かれており、尚且《なおか》つタイトルに相応《ふさわ》しいムフフなシーンが盛り沢山！

いいぞ、もっとやれ！という感じで私も毎度楽しみにしております。

というか、自分の作品が漫画になるのは大変嬉《うれ》しいです。

奈々鎌土先生には感謝を。そして、毎回設定不足で困らせてしまい申し訳ありません！

勿論《もちろん》、書籍、コミカライズをご購入してくれた読者様にも感謝を！

これからも『エロゲ転生』をよろしくお願いします！

名無しの権兵衛

作品のご感想、
ファンレターをお待ちしています

あて先

〒141-0031
東京都品川区西五反田8-1-5 五反田光和ビル4階
ライトノベル編集部
「名無しの権兵衛」先生係／「星夕」先生係

OVERLAP

エロゲ転生
運命に抗う金豚貴族の奮闘記 5

発　行　2023年9月25日　初版第一刷発行

著　者　名無しの権兵衛
発行者　永田勝治
発行所　株式会社オーバーラップ
〒141-0031　東京都品川区西五反田 8-1-5
校正・DTP　株式会社鷗来堂
印刷・製本　大日本印刷株式会社

Printed in Japan　ISBN 978-4-8240-0607-3 C0193

第11回 オーバーラップ文庫大賞
原稿募集中!
イラスト:じゃいあん
【締め切り】
第1ターン 2023年6月末日
第2ターン 2023年12月末日
各ターンの締め切り後4ヶ月以内に佳作を発表。通期で佳作に選出された作品の中から、「大賞」、「金賞」、「銀賞」を選出します。
その物語は、きっと誰かが好きな物語。
【賞金】
大賞…300万円
(3巻刊行確約+コミカライズ確約)
金賞……100万円
(3巻刊行確約)
銀賞……30万円
(2巻刊行確約)
佳作……10万円
投稿はオンラインで! 結果も評価シートもサイトをチェック!
https://over-lap.co.jp/bunko/award/
〈オーバーラップ文庫大賞オンライン〉
※最新情報および応募詳細については上記サイトをご覧ください。
※紙での応募受付は行っておりません。